미니멀리스트의 식탁

미니멀리스트의 식탁

도미니크 로로 지음   김수진 옮김   바다출판사

요리하고 싶은 마음이 들도록 공간을 정리하자.
필요에 맞는 조리도구를 선택하고 몇 가지 기본 재료를 준비하자.
그리고… 즐기자.

목차

9   들어가는 말

1부   주방이 복잡하면
**   요리하고 싶은 마음이 달아난다**

21   요리하는 공간, 핵심은 실용성과 용이성

28   '훌륭한' 냄비 세트

54   맛있고 건강한 요리를 위한 고품질 조리기구

74   조리기구의 크기와 용량

81   '우리'를 보여주는 그릇

94   각자에 맞는 조리기구

2부   냉장고는 채우기보다 비우기

109   장보기 기술

122   식료품 보관 노하우

140   해 먹는 비용과 사 먹는 비용

3부 자유롭게 만들면
그것이 당신의 레시피가 된다

151   레시피 없이 요리하기

162   재료 두세 개만으로 요리하기

167   계획하기보다는 구성하기

176   몇 가지 기본적인 노하우

190   수프와 샐러드

196   원팬 요리

198   나만의 레시피 만들기

4부 내일은 오늘의 주방을 정돈하면서 시작한다

209   체계적으로 요리하기

213   항상 청결한 주방

222   생활 쓰레기

228   맺음말

들어가는 말

지금은 결혼한 한 친구가 예전에 그랬다. 매일 나를 위해 요
리하는 일보다 더 어려운 것은 없다고. 얼마나 옳은 말인가!
혼자 사는 사람 중에 나 혼자 먹겠다고 시간을 들여 제대로
된 식사를 준비하며 기쁨을 느끼는 사람이 과연 얼마나 될
까? 일본의 유명 작가 무라카미 하루키가 즐겨 하던 말이 있
다. "우리가 무엇을 먹는지를 보면 우리가 누구인지 알 수
있다." 그의 소설 《1Q84》에는 (남편의 재산을 상속받은) 70
대의 부유한 미망인이 등장한다. 잘 먹는 것이 중요하다는
그녀의 소신을 보여주기 위해 작가는 단순한 천연 식자재,
더 나아가 프랑스식 재료로 만든 음식만 먹는 그녀의 모습
을 묘사한다. 데친 화이트 아스파라거스 요리, 니스풍 샐러
드, 게살 오믈렛으로 구성된 메뉴를 보면 그녀의 일상을 짐
작할 수 있다. 그런 다음, 당연하게도 이 미망인은 차려진 음

식을 우아하게 먹는다. 깊은 숲속 요정이 아침 이슬을 홀짝이듯 차를 마시고 음식은 소량만 먹는다. 우리는 이런 메뉴와 우아한 매너를 통해 그녀가 많이 배우고 세련된 사람일 뿐만 아니라, '교양 있는' 사람이라고 짐작한다. 소설에 이와 대척점에 있는 인물로 우시카와牛河라는 남성이 등장한다 (그의 성 우시카와는 일본어로 '암소의 강'이라는 뜻이다). 가난한 그는 가난한 사람답게 먹는다. 그에게 삶이란 없다. 자기를 살뜰히 챙기면서 신선한 채소를 먹고 사는 미망인과는 달리, 우시카와는 한 끼도 따뜻한 식사를 못 먹고 복숭아 통조림과 잼이 들어 있는 도넛으로 끼니를 때운다. 노부인은 자기 몸을 사원처럼 대하는 반면 우시카와는 쓰레기통처럼 취급한다. 그녀의 내면은 천국이지만, 그의 내면은 지옥이다. 데친 화이트 아스파라거스와 게살 오믈렛은 요리해야 먹을 수 있는 데 반해, 복숭아 통조림은 아무것도 준비할 필요가 없다. 그런데 안타깝게도 우시카와처럼 먹고 사는 사람들이 점점 많아지고 있다.

혼자 사는 사람들이 요리하지 않는 이유

산업화와 새로운 생활 방식이 자리 잡으면서 오히려 이렇게 반문할지도 모른다. 아니, 클릭 한 번이면 수많은 냉동식품과 반조리식품, 조리된 음식이 집으로 배달되는 세상에 대체 왜 요리를 해야 하는가? 이제는 냉동식품 보존 기술, 신선식품 관련 생명공학, 초고온 멸균법이나 수비드 저온 조리법, 식품 포장 기술, 유통 방식 등의 발달로 굳이 요리하지 않아도 먹고 살 수 있다.

사람들이 혼자 살게 된 이유는 저마다 다양하다. 스스로 선택해서, 혹은 직장이 너무 멀어서, 아니면 별거 또는 이혼을 했거나, 고령이 되었거나, 반려자를 잃었기 때문일 수도 있다. 사정은 제각기 달라도 이런 편리한 세상에 혼자 살면서 나를 위해 요리하는 수고를 왜 한다는 말인가? 물론 요리에 대한 열정이 있거나 요리가 습관이 된 사람들도 있다. 반면 요리가 고역이자 시간 낭비로 느껴지는 사람들도 있다. 한번 요리하자니 메뉴 정하기, 장보기, 조리하기, 보관하기, 설거지하기, 치우기, 뒷정리 등 해야 할 일이 한두 가지가 아니다. 게다가 대부분 요리할 줄 모른다는 것도 문제다. 혼자 사는 사람들 가운데 점점 많은 사람(대다수가 남성들과 청년들)이 어떻게 식사 준비를 해야 할지 까맣게 모른다. 가령 본가에서 독립한 젊은이들의 경우, 아는 요리법이라고는 파스타나 인스턴트 수프를 조리하는 것이 전부다. 특히 (가공식품과 시판 소스를 먹기 시작한 첫 세대에 해당하는) 그들의 부모가 집에서 요리를 아예 하지 않거나 점점 요리하지 않은 가정에서 자랐다면 더욱 그렇다. 그들 대부분은 요리에 대한 동기가 없다는 것이 입증된 사실이다.

가공식품이 미치는 영향

> 윌트셔산의 최고급 훈제 베이컨을 살 수 있는 돈을 냈는데
> 도 내 앞에 놓인 것은 초석礎石 냄새가 나는 형편없는 고기
> 조각이라니! 독한 차와 묽은 커피에 대해 이야기하는 것은
> 불평이나 늘어놓는 것으로 보일 것이다. 대중적인 음식점
> 에서 이런 음료들을 맛볼 수 없다는 것은 누구나 아는 사
> 실이다.
>
> 조지 기싱《헨리 라이크로프트 수상록》

가공식품 소비가 점차 증가하면서 육체적·정신적 건강, 예
산, 행복감, 날씬한 몸매, 웰빙, 삶의 질, 환경 보호 등 모든
분야가 타격을 받고 있다. 그런데 이것만이 아니다. 이렇게
빨리빨리 음식을 섭취하자 (무엇보다도 공격적인 기질로 인
해) 대인 관계에 문제가 생기고, 신경이 예민해지며, 심리
적 불균형이 발생하는 것으로 드러났다. 그런데 이런 사람
들 가운데 자신의 식습관과 자기가 안고 있는 문제, 즉 건전
하고 똑똑하게 따져서 생각하고 여러 삶의 문제에 대처하는
능력이 점점 떨어지는 것을 관련지어 생각하는 사람이 과연

몇이나 될까? 음식을 섭취하는 방식은 우리 삶의 한 부분을 차지하기 때문에 이런 의미에서 하나의 철학으로 간주되어야 한다. 중국 철학자 린 위탕이 주장했듯, 삶에 구체적인 것이 동반되어야만 우리는 지혜롭게 추론할 수 있다. 그렇다면 건강한 천연 재료로 자기가 먹을 음식을 요리하면서 자신의 육체적·정신적 건강을 돌보는 것보다 더 구체적인 일이 있을까?

요리는 마음을 평온하게 한다

> 행동과 생각을 번갈아 하는 일을 하라. 정리, 청소, 요리…
> 등을 하려면 우리 뇌는 중요한 육체적 과제를 수행해야 한
> 다. 그런데 이런 과제를 수행하려면 정신적 균형이 필요하
> 다…. 이 과정에서 마음을 가라앉히고 행복감을 주는 호르
> 몬으로 알려진 엔도르핀이 분비된다.
>
> 베로니크 아이아슈 《고독의 찬가》

요리는 최고의 치유법 가운데 하나다. 손을 바삐 움직이면 촉각으로 느껴지는 즐거움, 성취감이 주는 쾌감 등 깊은 만족감이 생긴다. 컴퓨터 앞에 앉아서 하는 작업으로는 결코 이 같은 장점이나 촉각이 주는 기쁨을 누릴 수 없다. 게다가

요리하는 동안에는 과거와 미래를 모두 잊고 현재의 순간에 뿌리내릴 수 있다. 얼마나 많은 사람이 집에서 멀리 떨어진 곳에서 휴가를 보낼 생각만 하면서, 아직 닥치지도 않은 미래만을 내다보며 살고 있는가! 이들은 아마도 주말에 친구들과 보내는 시간을 빼면 평소에는 식탁 모퉁이에 앉아 후다닥 끼니를 때우고 있을 것이다. 그러나 삶은 그런 것이 아니다. 내일, 아니 당장 오늘에라도 얼마든지 생은 멈출 수 있다. 꾸준히 요리하는 사람들은 그들의 일상을 정리하고 균형을 유지하기 위해 요리하는 순간이 필요하다고 입을 모은다. 어떻게 보면 요리는 내가 내 삶의 주인이라는 느낌으로 내 삶을 통제할 수 있게 도와주는 역할을 한다.

요리로 나를 지키기

> 남의 흉을 보았다면?
> 콩깍지를 까며
> 나는 영혼을 정화하네.
>
> 오자키 호사이, 19~20세기 일본의 시인

무라카미 하루키의 또 다른 소설 《태엽 감는 새》의 주인공 덴고는 실업자다. 그는 주로 요리하고 잃어버린 모자를 찾는

데 시간을 보낸다. 소설은 그가 스파게티와 토마토 잠봉 샌드위치를 만들고 있을 때 전화벨이 울리는 것으로 시작한다. 그는 애써 전화를 받지 않고 하던 요리를 마무리하려 한다. 벨이 세 번 울리는 동안 샌드위치를 반으로 잘라 접시에 담은 뒤, 칼을 닦아 서랍 속 제자리에 정리한 다음, 따뜻하게 데운 차를 찻잔에 따른다. 그러는 동안 전화는 계속 울린다. 덴고는 자기가 하는 몸짓 하나하나를 의식하고 있다. 그는 전화가 울려도 받지 않는 방법으로 외부 세계를 차단하려고 한다. 외부 세계가 그의 루틴을 침범하지 못하게 막는 것이다.

요리는 시간 낭비가 아니다

> 가을날의 식사
> 열려 있는 문으로
> 저녁 해가 들어오네.
>
> 미우라 초라, 18세기 일본의 시인

그렇게 덴고는 꾸준히 요리한다. 요리는 그에게 자신이 안고 있는 문제들을 성찰할 시간을 마련해 준다. 자기가 쓴 글을 생각하고, 한 걸음 물러서서 오늘 하루 일어난 사건들을 돌아보며, 거기서 의미를 찾고 사색하면서 느긋한 시간을 보내게 한다. 그는 이런 일을 아무것도 하지 않으면서 하는 것보다는 주방에 서서 손을 분주히 움직일 때 더 효율적으로 할 수 있다고 느낀다. 어찌 보면 그는 현재 하는 일에 집중함으로써 다시 명상에 들어가는 셈이다. 달리 말하자면, 그는 충분한 시간을 들여 삶을 사는 것이다. 스트레스로 가득한 하루를 보낸 뒤, 저녁 식사를 준비하면서 고요의 파도가 밀려오는 것을 느낀다.

'요리한다'라는 말의 의미

> 우리는 낡은 습관이 대대적으로 무너져 내리고 있는 한복판에서 살고 있다.
>
> 월터 리프먼《도덕에 붙이는 서문》

일반적으로 우리는 '요리한다'라고 하면 거창한 요리를 떠올린다. 소고기 볼살을 이틀간 양념에 재워놓았다가 세 시간 동안 약불에서 푹 끓이는 것처럼 말이다. 하지만 꼭 그런 것만이 요리가 아니다. 별것 아닌 재료로 간단한 한 끼를 10분 만에 뚝딱 만들어내는 것도 요리하는 것이 될 수 있다. 무엇보다도 요리한다는 것은 특히 자기가 준비한 것을 먹는 것이다. 단, 주의해야 한다. 요리하는 행위를 팬에 재료를 몇 개 던져 넣는 것으로 단순화해서는 안 된다. 왜냐면 요리한다는 말은 전체를 아우르는 것이기 때문이다. 여기서 전체라고 하면, 음식을 조리하는 것만을 전제하는 것이 아니다. 분주한 가운데도 스트레스를 받지 않도록 주방(또는 요리 공간)을 공들여 세팅하고, 시간을 들여 필요에 맞게 조리도구를 선별하는 것도 다 포함되는 말이다. 그렇게 한 다음, 장을 보고, 사온 식료품들이 상하지 않게 적절히 보관하고, 요령 있게 남은 재료를 재활용하는 것, 마지막으로 다시 요리하고 싶은 마음이 들도록 주방을 항상 깨끗하고 깔끔하게 유지할 줄 아는 것까지 전부 요리하는 행위에 들어간다. 옛날에는 이런 노하우를 어머니가 딸에게 물려주었다. 하지만 오늘날에는 어디서부터 어떻게 시작해야 할지 전혀 모르는 사람들이 (특히 남성들 가운데) 많다.

요리가 노동이 아닌 일상이 되는 법

매일 (또는 꾸준히) 나를 위해 요리하는 일은 잠자고 씻고 일하는 것처럼 일상의 한 부분이 될 수 있다. 다만 그러려면 몇 가지 기본 조건이 선행되어야 한다.

• 요리하고 싶은 마음이 들도록 쾌적하고 몸이 편하게 움직

일 수 있는 공간을 마련한다(혹은 다시 꾸민다).

- '올바른' 조리도구를 장만한다(올바른 조리도구란 각자의 필요에 맞고, 신체, 나이, 문화에 맞는 좋은 품질의 조리도구를 말한다).
- 장을 보고 정리하는 데 시간을 너무 많이 뺏기지 않도록 소소한 습관을 만든다.
- 스마트폰에 나와 있는 레시피를 힘들게 따라 하느라 진을 빼지 않는다. IT 기기건, 요리책이건, 다른 도움 없이도 식사 한 끼를 준비할 수 있게 몇 가지 기본적인 요리법을 습득해 둔다.
- 효율적이되 정성껏 식사를 준비할 수 있는 나만의 방법을 찾는다.
- 크게 힘들이지 않고 주방을 깔끔하게 유지한다.

1부

주방이 복잡하면
요리하고 싶은 마음이 달아난다

요리하는 공간,
핵심은 실용성과 용이성

작은 공간에서도 얼마든지 요리할 수 있다

지금껏 내가 사용했던 주방 가운데 가장 작은 것은 면적이
1제곱미터가 채 되지 않았다. 그냥 수납장이었다고 보면
된다. 하지만 정리만 완벽하게 되어 있다면 협소한 공간도
요리하는 데에 아무런 문제가 없다.

오나 마이오코

가열용 조리기구(인덕션, 전자레인지, 가스레인지 등) 하나,
도마 하나, 수납용 선반 한두 개, 벽에 걸린 팬과 냄비 각각
하나. 이것만 있으면 간소하면서도 훌륭한 가정식 한 상을
거뜬히 차려낼 수 있다. 스타 요리사 조나 리더는 대학교 기
숙사 방에서 요리에 대한 열정이 싹텄다고 한다. 사는 곳에

싱크대와 그 아래로 미니 냉장고만 설치할 수 있다면 누구든 주방 한 칸을 마련할 수 있다. 여기에 선반 하나를 달아서 그릇을 조금 수납하고, 봉 하나를 달아서 조리기구만 걸어두면 된다. 냉장 보관할 필요가 없는 식료품은 바구니 한두 개에 담아 바닥에 두고 보관한다.

전통적인 주방과 개성 있는 주방

> 내가 늘 하는 말이 있다. 집을 개조하거나 새로 짓는 일은 학문을 닦고 글을 짓는 작업과 똑같다.
>
> 이어, 중국의 철학자이자 시인

내게는 파리의 오래되고 멋들어진 60제곱미터 면적의 아파트에서 혼자 사는 친구가 있다. 하지만 그의 집에는 엄밀히 말해 주방이 없다. 그는 길이 2미터, 폭 61센티미터, 높이 9센티미터밖에 안 되는 공간에서 삼시 세끼를 준비하고, 주말이면 대여섯 명의 친구를 초대해 요리를 대접한다(그는 특히 조리대의 높이가 매우 중요하다고 지적한다. 그래야 허리가 아프지 않다고 한다). 나는 여러분께 나탈리 조르주 Nathalie George의 책 《6층 집 부엌 이야기La Cuisine du 6e étage》를 추천하고 싶다. 이 책은 요리하는 데에는 정말로 작은 공간만 있어도 충분하다는 것을 깨닫게 해준다. 형편이 넉넉지 않은 은퇴한 중산층 여성인 저자는 파리 시내 한 아파트 건물 지붕 밑에 있는 10제곱미터 공간의 방에서 산다. 하지만 복도 끝에 마련한 50제곱센티미터 크기의 좁은 조리 공간 덕분에 꼬박꼬박 요리를 할 수 있다(자기가 먹을 요리뿐만 아니라 때때로 이웃을 위해서도 요리한다). 휴대용 전자레인지를 맨바닥에 그대로 두고 사용해야 하지만, 이 여성이 맛있는 식사를 준비하는 데에는 전혀 걸림돌이 되지 않는다. 그녀의 요리는 단순하면서도 파리의 전통이 잘 담겨 있다.

물건이 적으면 제자리를 찾는다

> 진열창… 문을 열고 물건을 골라 손을 뻗어 집어 드는 행위 안에는 유혹의 순간, 손과 물건이 만나는 짜릿함이 농축되어 있다.
>
> 에드먼드 드 발 《호박색 눈을 가진 토끼》

주방에는 물건이 적어야 전적으로 유리하다. 조리도구와 식료품을 꺼내고 정리하기 쉽기 때문이다. 이뿐만이 아니다. 재료를 준비해서 요리하기(보관하고, 씻고, 자르고, 익히고,

양념으로 맛을 내기)에도 좋고, 상을 차리고 그릇에 담기에도 편하다. 각각의 행동이 효율적으로 물 흐르듯 이어지고, 딱 필요한 만큼만 움직여서 동선의 낭비를 막으려면 조건이 있다. 적절한 공간 안에 필요한 요소들을 모아야만 한다. 그러려면 제일 자주 사용하는 것을 손 닿는 곳에 두고 나머지는 정리해서 공간을 최대로 확보하는 것이 이상적이다. 가령 식사 때마다 쓰는 수저를 매번 서랍에서 꺼냈다가 다시 넣어야 할 이유가 있을까? 그 대신 예쁜 단지에 꽂아 수납장 한쪽에 보관하다가, 상을 차릴 때 그대로 테이블로 가져오면 된다. 최근 나는 매일 사용하는 그릇 몇 개는 따로 치우지 않고 조리대 위에 쌓아두는 달콤한 게으름을 만끽하고 있다. 혼자 아니면 둘이서만 사는데, 아침, 점심, 저녁, 매번 그릇을 찬장에 넣었다가 몇 시간 뒤 다시 꺼내는 수고를 할 이유가 있을까? 완벽한 정리 정돈을 원한다면 명심하자. 무엇보다 접근성이 최우선이다. 예를 들면 선반에 물건을 두 줄로 늘어놓지 말라. 어떤 물건에 접근성이 떨어진다면 그 물건을 자주 사용하지 않기 때문이다. 그런 물건은 없어도 된다. 매일 사용하는 물건을 꺼낼 때나 다시 제자리에 둘 때는 한 번에 할 수 있어야 한다. 팬은 고리에 걸어두고, 강판은 서랍 속 분류된 칸에 넣고, 냄비는 그보다 큰 냄비 안에 겹쳐 넣는다(또는 냄비 뚜껑을 뒤집어서 손잡이가 안으로 들어가게 닫은 다음, 그 위로 다른 냄비를 쌓아 올린다).

최적의 위치

> 같이 사는 사람을 대하듯 같이 사는 물건을 대해야 한다.
> 존중하고, 사랑하며, 공간을 마련해 주어야 한다.
>
> 시바니 미야모토, 전통 조리기구 전문가

주방을 정리할 때 최적의 방법은 자주 쓰는 물건을 눈과 허리 사이의 위치에 두는 것이다. 팬 하나를 꺼내겠다고 바닥을 기어야 한다면 그건 정상이 아니다. 어떤 물건을 제자리에 정리해도 자꾸 다른 곳에서 나온다면, 굳이 처음에 정했던 자리를 고집하려 애쓸 필요가 없다. 논리적으로 이해되지 않더라도 어쩔 수 없다. 그 물건이 있고 싶어 하는 곳, 그래서 있어야 하는 곳. 제자리는 바로 거기다.

몸에 잘 맞는 물건과 살기

> 행복에 이르는 진정한 비결은 일상의 모든 세세한 것들에 깊은 관심을 가지는 데 있다.
>
> 윌리엄 모리스 《예술의 목적》

수납함이나 작은 바구니를 십분 활용하고 또 활용하라. 소형 믹서, 행주, 감자, 양파, 라미킨(소스를 담거나 오븐에 사용하는 작은 종지만 한 그릇 – 옮긴이)을 비롯한 작은 그릇, 손님용 찻잔 세트(찻주전자, 찻잔, 찻잔 받침), 테이블 장식 용품(코스터, 젓가락 받침, 초, 예쁜 종이 또는 패브릭 냅킨) 등은 모두 뚜껑 없는 상자 또는 버드나무나 등나무, 대나무 바구니 안에 넣어 보관하면 좋다. 주방 선반 위에 이런 바구니를 얹어두면 시각적으로도 보기 좋다. 상자는 보이는 곳보다는 수납장 안에 보이지 않게 두는 편이 낫다.

몸에 잘 맞다는 것은 동선을 줄여주는 것을 말한다. 예를 들면 다음과 같은 물건들이 그렇다.

- '눌러 쓰는' 주방 세제 용기. 수세미를 위에 얹고 아래로 누르면 세제가 위로 나온다.
- 제일 자주 사용하는 기름과 식초 등은 마개 없이, 가는 주둥이로 따르는 병에 담아 쓴다.
- 작은 수세미(큰 수세미는 작게 이등분해서 쓰면 된다.)
- 받침대 없는 믹싱볼(빨리 건조된다.)
- 딱 맞게 쌓아둔 유리잔, 찻잔, 사발, 라미킨
- 보관 용기에 라벨을 붙여두면 (각종 세제를 포함해서 내용물이 무엇인지 알고 있더라도) 인지하는 시간이 줄어든다.
- 수납장이나 깊은 서랍 안에는 파일 꽂이, 쟁반, 팬, 종이

포일뿐만 아니라, 양파나 감자를 넣어 보관하면 꺼내 쓰기 편하다.

- 싱크대나 가스레인지 위쪽에 봉을 달고 S자 고리를 달 수 있는데, 매일 쓰는 물건을 세척한 뒤 고리에 걸어두면 금세 마른다.

'훌륭한' 냄비 세트

주방이 너무 복잡하면
요리하고 싶은 마음은 달아난다

> 불문율 하나: 요리도 안 하고 음식 맛도 모르는 사람일수록 주방에는 세상 멋진 도구란 도구가 다 갖추어져 있다.
>
> 팻 콘로이 《해변 음악》

누구나 다 알고 있듯, 주방이 너무 복잡하면 요리할 때 스트레스가 쌓인다. 한 친구가 자기 집 주방을 간소화하게 된 계기를 설명해 준 적이 있다.

어느 해 여름, 그 친구는 가족 여행을 가서 (부부 세 쌍과 아이들이 머물) 빌라를 한 채 빌렸다고 한다. 그 빌라는 주방이 넓었지만 수납장에는 딱 필요한 것만 구비되어 있었다. 주방용품 몇 개와 기본적인 그릇이 전부였다. 이것만으로 2주 동안 버틸 수 있을지 걱정이 앞섰다고 한다. 달리 여분이 없었기에 식기를 한 번 쓰고 나면 즉시 씻어두어야 다음 식사 때 사용할 수 있었다. 친구네 가족은 원래 외식을 좋아했는데, 어떻게 된 일인지 그해 여름에는 거의 밖에서 밥을 먹지 않았다고 한다. 가족 모두 그 빌라 주방을 너무나 좋아했기 때문이다. 뉴욕의 아파트에서 살고 있던 친구는 그렇게 휴가를 보내고 집으로 돌아오자마자 가끔만 사용하는 물건들을 모두 상자에 담았다. 그 빌라 주방에서 그랬듯, 집에서도 얼마 안 되는 도구로 요리하는 단순함과 즐거움을 재창조하고 싶었던 것이다.

친구는 주방용품이 많이 없으면 가지고 있는 것을 더 창의적으로 쓰게 되고 그런 만큼 즐거움도 커진다는 사실을 깨달았다. 그러자 전보다 훨씬 편하게 물흐르듯 요리할 수 있게 되었다. 조리대 위도 덜 복잡해졌고, 설거짓거리도 줄었으며, 힘이 들고 그렇게 유쾌하지 않았던 일도 덜 하게 되었다.

냄비 하나로 모든 요리가 가능하다

세트로 판매하는 냄비를 조심할 것. 1인 가구와 5인 가구가 필요한 것은 엄연히 다르다. 자신의 습관을 관찰하여 무엇이 필요한지 평가해야 한다. 구성되어 있는 냄비 세트를 살펴보면, 거의 쓰지 않는 것들이 있는가 하면 같은 것이라도 두세 개 필요한 것들도 있다. 이상적인 방법은 낱개로 하나씩 사 모아 시간이 흐르면서 자연스럽게 나만의 세트를 완성하는 것이다.

어느 정직한 판매상의 조언

옛날 사람들은 조리기구를 하나만 사용했다. 일명 '만능냄비'라고도 불리는 커다란 냄비로 '모든' 요리를 해 먹었다. 수프, 파스타, 채소 요리, 곡물 요리, 고기 소스, 스튜 등 말 그대로 모든 요리를 냄비 하나로 끝냈다.

새로운 소재와 도구, 새로운 마케팅 기법이 등장하면서 만능냄비는 만능이라는 기능을 잃고 말았다. 오늘날에는 거의 매번 조리할 때마다 용도에 따라 다른 조리도구를 사용한다(튀김용 냄비, 라클렛 요리용 그릴, 크레프용 팬, 고기용 팬, 생선용 팬 등). 그런데 이런 도구를 적게 가질 방법은 없을까? 물론 냄비 딱 하나로 모든 요리를 해결하겠다고 무리하면 삶이 편해지기는커녕 더 복잡해질 수 있다. 하지만 조리도구를 엄선해서 한 손으로 꼽을 정도로 몇 개만 가지고 있어도 얼마든지 다양한 기능을 소화할 수 있다.

무엇이든 가능한 냄비

단순히 물건 하나를 사고 내 인생이 바뀌리라고는 생각지도 않았다. 그런데 실제 그런 일이 벌어졌다! 이제는 채소 요리용 냄비나 거추장스러운 냄비 세트에 파묻힐 필요가 없어졌다. 이 냄비 하나만 있으면 라구 스튜도 금세 만들 수 있고, 채소와 수프뿐만 아니라 고기 베이스 요리도 뚝딱 해낼 수 있다. 이런 마법이 가능한 것은 이 냄비의 열전도율이 뛰어난 덕분에 요리가 빨리 익고 오랫동안 따뜻한 상태를 유지하기 때문이다.

인생 처음으로 진정한 스테인리스 냄비를 만나 행복한 사람의 이야기

뜨거운 물을 조금 끓이거나 수프를 데우고, 달걀 몇 개를 삶는 용도로 작은 냄비가 꼭 필요하다(이때 냄비 가장자리의 내용물을 따르는 부분이 살짝 구부러진 것으로 잘 골라야 국물이 밖으로 흘러내리지 않는다). 두 번째 냄비로는 최고급 품질을 지닌 용량이 큰 것으로 골라서 모든 요리에 실용적으로 사용하도록 한다. 소고기나 돼지고기, 닭고기를 구워서 은은한 불로 뭉근하게 끓이는 용도로도 쓰고, 파스타나 쌀을 비롯한 곡물을 삶기도 하고, 수프도 끓인다. 냄비 손잡이를 탈부착할 수 있으면 손잡이를 떼어내고 오븐에도 사용할 수 있다. 그러면 주물 냄비와 같은 기능을 해서 똑같은

맛의 요리가 만들어진다. 이런 만능냄비를 고를 때는 무엇을 기준으로 삼아야 할까?

- 소재는 스테인리스 스틸로 반드시 18/10 스테인리스(크롬 18퍼센트, 니켈 10퍼센트 함유)여야 한다. 스테인리스 스틸은 세척이 가장 용이한 소재라서 20년이 지나도 처음처럼 광택을 유지한다. 주물 냄비나 법랑 냄비처럼 고생스럽게 문질러 닦지 않아도 된다. 잘 눌어붙지 않기 때문이다. 좋은 냄비는 스트레스만 덜어주는 것이 아니라 요리하고 싶은 마음까지 들게 한다.
- 냄비 바닥은 5~7중, 많게는 9중까지 두꺼운 것이 좋다 (여러 겹일수록 품질이 좋다).
- 뚜껑은 완벽하게 밀폐되어야 증기가 달아나는 것도 막고 빨리 끓어오르게 한다. 전문가들은 두꺼운 금속 재질의 뚜껑을 추천한다. 유리 뚜껑보다 가격이 비싸지만, 단열성이 뛰어나기 때문이다. 뚜껑이 좋으면 증기가 거의 날아가지 않는다. 그래서 후드 같은 환기 장치를 사용할 필요가 없다. 결국 에너지도 절약하면서 주방에서 음식 냄새도 줄어든다.
- 냄비 가장자리가 내용물을 따를 수 있도록 되어 있는 것이 좋다.
- 손잡이가 좋아야 한다. 손잡이를 탈부착할 수 있거나 손

잡이가 수직으로 굽어 있으면 차곡차곡 정리하기 쉬울 뿐만 아니라 오븐용으로도 사용할 수 있다. 주물 냄비 대신 고깃덩어리나 작은 가금류를 담아 오븐에 넣어 구우면 된다. 만약 '제대로 된' 손잡이가 있는 것이 더 편리하게 느껴진다면, 손잡이에 따라 냄비 가격이 좌우된다는 점을 명심하기를 바란다. 합성수지로 된 손잡이는 피하라. 특히 가스레인지를 쓰는 경우에는 더 그렇다. 나사로 고정한 손잡이보다는 용접해서 붙인 손잡이를 우선으로 선택한다(나사로 손잡이를 고정하려면 냄비에 구멍을 뚫어서 볼트를 추가해야 한다. 그러면 재료에 균열이 생겨서 시간이 지나면, 가령 냄비를 강불에서 사용할 때 기계적으로 약해지고 열 손실도 발생한다). 게다가 용접으로 붙인 손잡이는 단열이 좋다는 장점도 있다(그러면 냄비가 펄펄 끓어도 손잡이에 화상을 입지 않는다).

- 안쪽에 눈금 표시가 있는 것(용량을 측정할 때 유용하다)이 좋다.
- 냄비 너비가 깊이보다 약간 넓거나 같은 것(그래야 냄비 안에 찜기를 넣을 수 있다)이 좋다.
- 마지막으로 가능하다면 옆면이 약간 둥근 냄비를 선택하라. 파스타를 삶거나 밥을 지을 때 물이 넘치는 것을 방지해 준다.

우리가 가지고 있는 냄비

요즘 난 거의 (시골풍) 무쇠 팬 하나와 큰 스테인리스 만능냄비 하나만 써. 팬으로는 달걀이나 스테이크 등 뚜껑을 닫지 않고 하는 요리나 볶음, 튀김 요리를 하지. 만능냄비는 채소, 곡물, 콩, 수프 등을 끓이는 데 사용해.

어느 친구의 이야기

대부분의 가정에는 팬이 여섯 개쯤 있다. 물건을 쌓아놓고 사는 것을 싫어하는 나는 오래전에 모든 요리를 할 수 있는 팬 하나만으로 살아갈 방법을 찾았다. 심지어 한때는 작은 한국식 궁중팬(중국식 궁중팬은 대체로 크기가 커서 가스불 위에 올려놓으면 불안정한 반면 한국식 궁중팬은 바닥이 평평하고 뚜껑이 있다) 하나만 있었던 적도 있다. 이 독특한 조리도구의 원리는 감탄하지 않을 수 없었다. 한국 사람들은 이런 궁중팬 하나로 정말로 모든 요리를 순식간에 만들어낸다. 확실히 이 작은 한국식 궁중팬은 전통적인 궁중팬보다 좋긴 했다. 하지만 어쩐 일인지 금세 다시 평범한 팬을 사용하고 싶어졌다. 나는 내게 꼭 맞는 완벽한 팬 하나를 찾기 위해 시험 삼아 수십 가지 팬을 써보고 또 써봤다(이런 나를 보고 친구들은 웃음을 삼키곤 했다!). 결코 목적을 달성할 수는 없었지만, 그래도 크게 불만스럽지 않은 해결 방법을 찾았다. 바로 팬 두 개를 쓰기로 한 것이다. 하나는 작은 무쇠 팬으로, 아침마다 베이컨 달걀 요리를 할 때 사용한다. 중간 크기의 스테이크나 작은 크레프, 전병, 팬케이크도 이 팬으로 굽는다. 다른 하나는 가장 많이 사용하는 주방 도구로 등극한 소테팬(깊은 프라이팬 – 옮긴이)이다. 요리 덕후들은 무쇠 팬에 심취해 있는지 모르겠지만, 나 같은 일반인에게 무쇠 팬은 실용적이지 않다. 잘 관리해 줘야 할 뿐만 아니라, 너무 무겁다(무게가 1.5킬로그램, 심지어 2킬로그램이나 되는 것도 있다). 따라서 힘줄에 염증이 있거나 손목을 다쳤을 때, 또는 나이가 들면 이런 무거운 팬은 쓸 수 없다. 게다가 무쇠는 산(토마토, 레몬, 식초)에 약해서 산이 닿으면 시즈닝을 벗겨내면서 요리 맛을 망친다. 이런 팬은 모든 요리에 사용하기에는 적합하지 않아서 별도의 팬이 두세 개 더 필요하다.

요리할 때 빼놓을 수 없는 소테팬

> 오늘날, 세상은 기본적인 것들이 결핍되어 뼛속까지 병들었다. 손을 쬘 장작불도 없고, 땅에서 샘솟는 맑은 물도 없으며, 공기도 없고, 발 디딜 신선한 흙도 없다.
>
> 헨리 베스턴, 미국의 소설가

대개 가정에서 소테팬은 일반 팬보다 흔치 않다. 주로 프로 들이나 요리 애호가들이 선택하는 아이템이다. 하지만 이 팬이야말로 조리기구 가운데 단연 실용적이다. 냄비와 프라 이팬의 중간쯤 되는, 두 기능을 하나로 모은 기구이기 때문 이다. 프라이팬보다 깊이가 깊은 소테팬의 옆면은 곡면인 경우도 있고 똑바로 곧은 경우도 있다. 팬 가장자리가 살짝 높아서 소테sauté라는 이름처럼 음식물을 볶기에 좋다. 그런 데 이 팬으로는 볶음 요리만 할 수 있는 것이 아니다. 고기 를 구운 뒤 그대로 푹 익힐 수도 있다. 쌀, 파스타, 채소를 조 리하기에도 딱 좋다.

소테팬은 냄비보다 덩치가 크지 않아서, 보기만 해도 요 리하고 싶은 마음이 솟아난다. 소테팬 하나가 튀김기, 찜기, 프라이팬, 만능냄비, 기타 냄비 역할을 다 한다. 게다가 소 테팬 손잡이가 탈부착식이면 오븐에 넣어도 된다. 소테팬을 선택하는 기준도 좋은 냄비를 고를 때와 같다(스테인리스 스틸, 두꺼운 바닥, 내용물을 따르기 좋은 가장자리, 밀폐력 좋은 뚜껑). 유일한 작은 단점이라면, 충분히 가열한 뒤 사 용해야 음식물이 눌어붙지 않는다는 것이다. 하지만 이렇게 하는 습관만 들이면, 이 소테팬이야말로 단순함과 편리함을 사랑하는 사람들의 진정한 필수품이다.

트레이는 한두 개면 충분하다

와일드 파슬리를 곁들인 오리 구이
산 발치에는
강물에 얼어붙은 첫얼음.

마쓰오 바쇼, 17세기 일본의 시인

친구 중 한 명은 매일 네 식구의 밥을 준비하는 어머니다. 그 친구는 오븐용 트레이가 하나밖에 없지만 늘 써먹는 아이템이라고 했다. 오븐용 트레이는 지극히 실용적이라 다양하게 사용할 수 있다. 트레이 위에 식자재 몇 개를 올린 뒤, 오븐에 넣고 기다리기만 하면 된다. 간단한 채소에 약간의 올리브오일과 곱게 다진 허브를 뿌리거나 닭 한 마리, 키슈나 사과 크럼블을 굽기에도 좋다. 정리하기 제일 쉬운 트레이는 직사각형이나 정사각형 모양의 트레이다. 간혹 깜빡하지만, 이런 트레이는 양념을 재우거나, 고기파이를 만드는 용도로도 완벽하다. (트레이 안에 같은 크기의 그릴 선반을 놓고 그 위에서) 채소를 식히기에도 좋고, 빵 반죽이 부풀기를 기다리며 반죽을 담아두는 용기로 사용하면 딱 좋다. 마지막으로 보통 생각하는 것과는 달리, 제일 좋은 트레이는 내열 유리나 테라코타가 아니라 스테인리스 스틸로 만든 것이다. 이 소재는 특히 트레이 바닥의 열전도가 완벽하다는 것이 장점이다. 요리 후 세척하느라 고생스럽게 문질러 닦지 않아도 되는 것은 말할 필요도 없다.

조리기구는 몇 개만 있으면 된다

물론 작은 냄비를 제외하면, 각각의 조리기구로도 모든 요리를 할 수 있다. 친구 중에는 일 년간 냄비 하나로 살았던 친구도 있다. 하지만 장기적인 관점에서 균형 잡힌 식단에는 채소, 단백질, 곡물이 다 들어가야 한다는 점을 고려하면 이 음식들을 스트레스받지 않으면서 동시에 준비할 수 있어야 한다. 그러려면 조리기구는 적게 있으면서도 충분히 있어야 가장 올바르고 합리적이며 실용적이다. 나머지 기구들(무쇠 솥, 튀김기, 찜기, 팬케이크나 생선 또는 크레프 등의 전용 팬)은 어디까지나 부수적인 것들이다. 따라서 거창한 요리를 하는 것이 아니라, 삼시 세끼 밥을 지어 먹을 때 정말로 필요한 조리기구들을 요약해 본다면 다음과 같다.

• 소형 냄비 1개 (물 끓이기, 소량의 수프 만들기, 달걀 삶기, 소스 만들기 등의 용도)
• 대형 냄비 1개 (채소 요리, 카레, 오래 끓이는 요리 등)
• 만능냄비 1개 (곡물 요리, 콩 요리, 크기가 큰 채소 요리

등)

- 소테팬 1개
- 소형 무쇠 팬 1개 (달걀 프라이, 팬케이크, 곡물 전병 등)
- 오븐용 트레이 1~2개 (케이크 틀 1개, 타르트 트레이 1개)

꼭 필요한 블렌더

> 난 양배추나 당근을 갈아주는 자동 강판 기계는 싫어. 쓸
> 때마다 통과 뚜껑, 칼날을 씻어서 닦고 꺼내야 하잖아.
>
> 이자, 친구

새로운 기술을 접할 때면 두려움을 넘어 일종의 불쾌한 무
력감을 느끼게 된다. 맛있는 요리와 제과는 전기보다 훨씬
이전에 발명된 것이다. 달걀흰자를 쳐서 머랭을 만드는 전
기 거품기(정말 편리하다는 사실을 인정하지 않을 수 없다)
와 믹서 또는 거품기와 믹서 겸용을 제외하면, 정말로 시간
을 절약해 주는 전기 기기는 없다(사용하려면 꺼내서 전원
을 연결할 곳을 찾아야 하고, 사용한 다음에는 씻어서 다시
제자리에 두어야 한다). 따라서 다른 기기들은 필요가 없다.
그렇지만 요리하려면 재료를 배합하고, 치고, 섞고, 휘젓고,
다지고, 빻고, 가는 작업을 해야 한다. 따라서 시판 소스나

가루를 사 먹지 않으려면, 블렌더는 필수품이다. 호두를 갈아서 크림처럼 만들고, 오래된 빵 덩어리를 빵가루로 만들고, 달걀흰자를 쳐서 머랭 거품을 만들고, 아침에 마실 스무디를 만들거나 저녁에 마실 진토닉용 얼음을 갈아주는 일을 도맡아 하는 것이 바로 블렌더다. 고백하자면, 나는 몇 년 전에 이른바 명품 푸드 프로세서를 구입했다. 1955년, 스위스에서 개발한 보석과 같은 이 기기는 작은 초강력 모터가 달려 있고, 핸드 블렌더처럼 용도에 따라 날을 교체해서 거품도 내고, 다지고, 섞는 작업을 할 수 있다. 부속품으로 작은 통 2개(하나는 자몽 크기, 다른 하나는 멜론 크기)가 있어서 통 안에서 섞고, 분쇄하고, 반죽하고, 저미고, 다지고, 채 썰 수 있다. 하지만 이 기계와 부속품은 딱 한 번 꺼내 쓴 것이 전부였다. 그러던 어느 날, 아주 작은 크기의 블렌더를 발견했다(통 크기는 머그잔만 했고, 모터는 크기에 비해 놀랄 만큼 강력했다). 예전 것과 같은 기능을 다 갖추고 있었을 뿐만 아니라, USB로 충전도 된다(그래서 쓸 때마다 전선을 꽂을 필요가 없었다). 이 블렌더는 식기 서랍에 넣어두고 매일 다음과 같은 용도로 사용하고 있다.

- 수프 만들기
- 소스 만들기 (마요네즈, 베샤멜 소스, 타히니, 후무스 등)
- 저미기 (양파, 버섯 등)

- 고기 다지기 (중국식 만두 속, 토마토 라비올리 속)
- 페르시야드 소스 (버터, 마늘, 파슬리 등 사용)
- 분쇄해서 가루로 만들기 (오래된 빵으로 만든 빵가루, 샐러드와 아침 식사용 오트밀에 넣을 땅콩, 아몬드, 호두 가루, 후춧가루, 혼합 향신료 가루 등)
- 달걀흰자 (엄청나게 부드러운 오믈렛, 미니 초콜릿 무스 등)

작은 오븐의 실용성

서양에서는 대개 가정에 제대로 된 오븐이 있어 작은 오븐을 거의 사용하지 않지만, (전통적으로 오븐 조리법이 존재하지 않는) 일본에서는 필수품에 해당한다. 내가 보기에 미니 오븐은 (블렌더와 함께) 필수품은 아니더라도 최소한 최고로 실용적인 2대 가전 기기 중 하나다. 모든 집에 제대로 된 오븐을 둘 공간적 여유가 항상 있는 것은 아니지만(자취방, 숙소 등), 아무리 작은 주방이라도 선반 위에 토스터보다 조금 더 큰 미니 오븐 하나 놓아둘 자리는 늘 있기 마련이다. (큰 오븐과 달리) 금세 예열되고, (온도가 180도까지 올라가서) 성능도 매우 뛰어난 데다, 전력 소모는 거의 없다. 그러면서도 오븐의 기능을 모두 갖추고 있어서 피자, 키슈, 그라탱, 타르트, 작은 고기 로스팅 등이 모두 가능하다.

기발한 주방용품

> 필요하다고 늘 생각하던 것을 치워버려라. 채소 탈수기 같
> 은 것 말이다. 집 안에 있는 모든 물건을 다시 따져보라.
> 놀라운 발견을 하게 될 것이다.
>
> 비 존슨《나는 쓰레기 없이 살기로 했다》

자질구레한 조리기구는 주방을 복잡하게 만드는 가장 흔한
주범 중 하나다. 마늘 다지기, 채소 스파게티용 회전 채칼,
올리브 씨 제거기, 수십 가지 숟가락과 뒤집개. 이런 것들이
정말 다 필요할까? 물론 여러분이 사는 곳에 감귤류가 많이
나서 많이 먹는다면 아마도 레몬 착즙기가 있었으면 할 것
이다. 하지만 포크 하나만으로도 충분하다(전문가들에 따르
면, 어떤 착즙기보다도 즙을 많이 짤 수 있다고 한다). 아니
면 주방용 집게를 쓰면 더 좋다. 정말로 마지막 한 방울까지
즙을 짜낼 수 있다. 마늘 다지기도 마찬가지다. 믹싱볼 받침
이나 식칼 옆면으로 마늘 한쪽을 가차 없이 때리면 순식간
에 껍질이 벗겨진다. 어느 요리사는 수년간 전 세계 유명 레
스토랑 주방을 거친 뒤 나름의 규칙을 하나 정했다고 한다.

두 군데 이상의 레스토랑에서 꾸준히 사용하는 것으로 확인된 주방용품만 장만하기로 한 것이다. 파르메산 치즈(또는 다른 치즈)를 갈 때는 필러를 사용하면 된다. 샐러드를 냉장고에 보관할 때도 깨끗한 행주나 주방용 수건 한 장이면 충분하다. 가령 양상추를 씻은 다음 깨끗한 행주 위에 놓고 네 모서리를 모아 묶어 싱크대 위나 창문에 걸어둔다. 물기가 빠지면 그대로 냉장고 속 통에 보관하면 된다. 따라서 얼핏 실용적일 것 같은 물건들은 모두 주의해야 한다. 자리를 많이 차지할뿐더러 기본적인 조리기구를 사용하는 데 방해가 되기 때문이다. 그러면 스트레스를 유발하고 시간을 허비하게 된다.

꼭 필요한 주방용품

도마와 칼

침묵하며 요리할 것. 도마에 칼이 닿는 리듬에 귀를 기울일 것. 그 리듬은 고요해야 한다. 칼은 똑바로 잡고, 음식물은 도마 위에 비스듬히 올릴 것. 이제는 칼을 씻고 닦는 행위를 귀찮게 여겨서는 안 된다.

고이케 류노스케《생각 버리기 연습》

음식이 사방으로 튀지 않으면서 편하게 작업하려면 약 30×
40센티미터 크기의 도마가 반드시 있어야 한다. 공간에 여
유가 없다면, 이 도마가 여러분의 조리대 역할을 하게 된다
(도마는 플라스틱 가공이나 염소 처리를 하지 않은 나무 도
마를 선택하는 것이 좋다). 나무 도마는 굵은 소금과 레몬
반쪽으로 손쉽게 세척할 수 있다(최악의 경우, 사포를 이용
한다). 칼은 하나만으로 충분하다. 단, 품질이 좋아야 한다
(자주 갈지 않아도 완벽하게 자를 수 있어야 한다). 많은 요
리사가 선호하는 칼 길이는 약 20센티미터다. 1~2인분 요
리만 한다면, 재료를 대량으로 자를 필요가 없을 테니 큰 칼
이 필요 없다. 당연히 칼을 갈 숫돌도 꼭 있어야 하는 아이
템이다. 칼은 주방을 지배하는 주인과 같다. 칼이 없으면 아
무것도 할 수 없다. 따라서 칼을 잘 사용하는 법을 배우는 것
이 좋다. 다만 조심해야 한다. 칼에 베이지 않으려면, 채소
는 항상 편편한 쪽이 도마에 닿게 해서 미끄러지거나 굴러
가지 않게 한다. 손가락은 게처럼 (안으로 구부려서) 잡도록
한다. 채소와 과일은 유기농이라면 껍질을 다 깔 필요는 없
다(가장 좋은 영양소가 껍질에 함유되어 있기 때문이다). 파
프리카의 씨를 빼고 잘게 찢으려면, 손가락으로 꼭지를 밀
어 넣은 다음, 세 손가락으로 속에 있는 흰색 막을 잡고 뽑는
다. 그런 다음 손바닥으로 파프리카를 납작하게 누른 뒤, 손
가락으로 잘게 찢으면 끝이다. 양상추도 손으로 잘게 찢을

수 있다. 칼을 쓰는 것보다 손으로 찢으면 더 맛있어 보인다. 자르는 행위는 그 자체로 하나의 즐거움이다. 이것을 설명하기 위해 일본 선불교에서는 '샤칸칸しゃかんかん'이라는 특별한 용어를 사용한다. 샤칸칸은 채소를 도마 위에 놓고 썰 때 나는 규칙적인 소음을 말한다. 이 소리는 정신을 고요하게 만들어 안달하지 않고 일을 천천히 하게 만드는 것으로 여겨진다. 명상 수련처럼 느껴지는가? 맞다. 내 일본인 친구들 가운데 한 명이 자주 하던 말이 있다. 일정한 리듬으로 음식 재료를 자르면 동요되었던 마음이 차분해진다고. 자르기를 계속하면서 도마질 소리와 재료에서 나는 냄새를 감상하기 시작하고 그러고 나면 기분이 좋아진다고 했다. 그녀는 마음이 복잡할 때면 이런 시간이 꼭 필요하다고 한다.

하나씩 필요한 조리도구

> 내 기억에 우리 어머니는 대부분 주방에 계셨던 것 같아. 그 시간, 주방에서는 조리기구에서 맛있는 소리가 흘러나왔지. 리듬감 있는 도마질 소리, 믹싱볼을 두드리는 거품기 소리, 달걀 섞는 소리….
>
> 한 일본인 친구

주방에 없어서는 안 되는 아이템인 채반은 믹싱볼 안에 끼울 수 있는 게 좋다(가능하면 걸어둘 수 있는 손잡이가 달려 있으면 더 좋다). 채반의 눈이 고우면 그야말로 다용도로 활용할 수 있다. 가령 맑은 국물을 만들기 위해 찌꺼기를 거르는 역할도 하고(이때 채반 위에 면포를 깔고 그 위로 국물을 부어준다), 밀가루 체 역할도 한다. 좀 더 크기가 큰 믹싱볼이 하나 더 있으면 채소를 씻고, 반죽을 치대며 반죽하고, 여러 재료가 다량으로 섞여 있는 샐러드를 섞는 데 유용하게 사용할 수 있다.

트레이는 한번 써 버릇하면 없어서는 안 되는 기구가 된다. 여기에는 뒤집개나 숟가락, 껍질을 깐 달걀, 썰어 쓸 파한 조각 등을 둘 수 있다. 스테인리스 재질의 고품질 트레이는 뚜껑이 있으면 음식물을 보관하고 오븐(또는 오븐 토스터)에 사용하기 적합하다. 이것 역시 다용도 조리기구다.

마지막으로 계량컵도 필요하다. 물론 계량컵 대신 일반적으로 쓰는 컵을 사용해도 된다. 계량용으로 나온 컵은 500세제곱센티미터로 규격화되어 있다. 게다가 손잡이가 달려 있어서 싱크대 위에 걸어두기 좋아 손이 자주 간다. 계량컵이 있으면 달걀을 푸는 데도 쓰고, 소스를 섞을 때, 바질 잎몇 장을 불리거나 밥물과 밀가루를 계량할 때 등 다용도로 쓸 수 있다.

가스레인지 옆 조리도구

> 이 집게는 내게 특별한 존재다. 이 집게 덕분에 나는 요리
> 사의 자리로 돌아온다. 집게를 손에 쥐면 내가 주방에 있
> 음을 느낀다. 말하자면 나한테는 이 집게가 요리사의 마법
> 지팡이인 셈이다.
>
> 에릭 게랭《이주: 여행, 감정, 요리》

직업상 필요한 경우가 아니라면, 여러분에게 수십 가지 뒤
집개나 주걱, 수저가 필요할 일은 없을 것이다. 몇 가지 기
본적인 조리도구들만 있으면 충분하다. 팬에서 음식물을 뒤
집을 뒤집개 하나, 거품기 하나, 수프용 수저 하나, (특별히)
실리콘 주걱 하나, 국자 두 개(하나는 거품이나 건더기를 건
져내는 용도의 '타공 국자', 다른 하나는 카레나 소스, 수프
를 옮겨 담는 용도로 이보다 작은 50세제곱센티미터 용량의
둥글고 움푹한 국자가 필요하다), 작은 거품기 하나(크기가
크면 실용성도 떨어지고 거추장스러울 뿐이다), 가위 하나,
집게 하나(달걀을 풀거나, 커다란 고깃덩어리를 집을 때, 생
선을 뒤집을 때, 끓는 물에서 삶은 달걀이나 감자를 꺼낼 때,
토마토를 데칠 때 유용하다), 마지막으로 필러 하나. 이렇게
만 꺼내두고, 나머지 도구들은 서랍에 넣어둔다.

서랍 속 조리도구

> 주방에는 가능한 한 최소한의 장비만 있는 것이 바람직하다. 주방용품이 너무 많으면, 식자재와 멀어지게 된다. 반면 기계를 사용하는 대신 절구를 사용하거나 손으로 다지면, 자립심이 생기고 자기가 만들고 있는 음식에 대한 책임감도 느껴진다.
>
> 앨리스 워터스, 요리사

강판은 두세 개(다용도 강판은 자리를 너무 많이 차지한다)만 있으면 충분하다. 하나는 길이가 길고 폭이 좁은 이른바 '이탈리아식' 강판이다. 구멍의 지름은 2.5밀리미터로, 당근이나 파르메산 치즈, 데빌드 에그, 양파, 눅눅해진 빵(빵가루)을 갈아 만들 때 사용한다. 두 번째 강판은 구멍이 매우 고운 것으로, 레몬 제스트나 마늘, 생강을 가는 데 사용한다. 같은 서랍 안에 함께 보관할 도구들은 병따개, 통조림 따개, 그리고 집에 남자가 없으면 샴페인 병을 따는 데 쓸 악어 집게 하나씩이다.

주방 청소 도구

작은 면 행주는 주방에서 존재감이 과소평가된 듯하다….

작년에 12개 한 묶음을 사서 쓰고 있는데, 얼마나 유용한지 모르겠다. 손의 물기를 닦아야 하는가? 하하, 거기서부터 즐거움은 시작된다. 채소의 물기를 빼야 하는가? 다른 행주가 해결해 줄 것이다. 칼을 다시 씻어야 하는가? 또 다른 행주로 닦아내면 된다. 접시받침이 다 떨어졌는가? 부스러기를 닦아야 하는가? 접시나 가스레인지 위를 닦아야 하는가? 걱정할 것 없다. 여러분의 행주가 항상 대기 중이다. 주방 세제를 조금 써서 접시 하나를 닦아야 하는가? 이번에도 행주가 해결사로 나선다. 나는 저녁이 되면 그날 사용한 행주들을 모아 세탁기에 돌린다. 그러면 다음 날, 깨끗해진 행주들을 다시 사용할 수 있다.

어느 매력 넘치는 미국인 신사

우리가 미처 의식하지 못하더라도 주방에서 청소 도구들은 자리를 많이 차지한다. 행주, 주방용 수건, 걸레, 키친타월, 각종 세제(그릇용, 냄비용, 후드용, 오븐용, 벽 및 조리대용 세제), 쓰레기봉투, 고무장갑, 수세미, 긁개. 이 도구들도 분류하는 것이 좋다.

행주의 역할

설거지를 마친 다음에는 헝겊에 뜨거운 물을 적셔서 가스레인지를 두 번 닦으세요. 이렇게 하면 주방이 다시 처음 상태로 리셋된답니다. 주방은 항상 완벽한 상태로 유지해 주세요. 그래야 그곳에서 다시 요리하고 싶은 마음이 드니까요.

어느 연륜 있는 일본인 가정주부

아마도 행주는 우리가 사용하는 도구들 가운데 가장 보잘것 없는 것일 테다. 하지만 행주를 너무 좋아하는 사람들도 있다(우리 언니는 행주 컬렉션이 있을 정도다. 심지어 여행 갈 때도 늘 한두 개 가져간다). 반면 행주라면 질색하는 사람들도 있다. 그런 사람들은 그릇이건, 손이건, 주방에서는 뭐든지 키친타월로 닦는 것을 선호한다. 친환경적인 선택이 아니긴 하지만, 고백하자면 나도 종종 키친타월을 사용한다. 기름기가 심한 경우, (배수관 오염도 방지할 겸) 씻기 전에 키친타월로 먼저 닦아준다. 조리대나 조리대 앞 바닥을 닦을 때도 키친타월을 쓴다. 주방에서는 헝겊 행주 두 개면 충분하다. 한 개는 뜨거운 물을 적셔서 표면과 싱크대를 닦고, 다른 한 개는 마른 상태로 남은 물기를 닦아준다. 이렇게 평소에 규칙적으로 청소하면 정기적으로 대청소할 필요가 없다. 나는 행주와 키친타월을 예쁜 대나무 바구니에 담아서 선반 제일 위에 정리해 둔다. 감쪽같이 눈에 띄지 않지만 언제든 쉽게 꺼내 쓸 수 있다. 마지막으로 설거지한 그릇을 건조하는 방법은 사람에 따라 선호하는 것이 다르다. 어떤 사람들은 식사 후에 씻어서 물기를 닦는 것을 좋아하는 반면 어떤 사람들은 자연 건조하는 편을 더 좋아한다. 극강의 미니멀리스트들은 주방에 식기 건조대를 두지 않는다. 그 대신 큰 그릇은 씻은 후 두툼한 행주 위에 그냥 놓아두고, 작은 그릇은 둥근 바구니에 담아서 말린다.

두 개면 충분한 세재

> 나는 몇 달간 공사 중인 집에서 지낸 뒤 깨끗하고 깔끔한 주방에 복귀한 것을 계기로 다이어트를 시작했어. 깔끔한 주방에 들어서자 요리하고, 내 몸을 돌보고 싶은 마음이 다시 샘솟았거든.
>
> 독신으로 사는 어느 친구

제아무리 주방의 청결을 위한 것이라 해도, 서른 가지 세제를 구비하고 할머니가 전수해 주신 무수히 많은 청소 비법을 써먹는 것은 심플하게 사는 것이 아니다. 주방 청소용 세제는 딱 두 개만 있으면 된다. 과탄산소다(산소 표백제보다 표백 효과가 더 뛰어나며, 기름기 제거에도 탄산수소나트륨보다 더 뛰어나다)와 77퍼센트 알코올 성분 스프레이면 충분하다. 알코올은 표면에 묻은 기름기나 오염 자국을 100퍼센트 제거할 뿐만 아니라, 주방과 쓰레기 투입구에서 나는 악취도 제거해 준다. 이 제품들을 멜라민 스펀지와 함께 사용하면 세정력이 더 강해진다.

그 밖에 필요한 용품

문득 베이킹이 하고 싶을 때를 대비해 상자를 하나 마련해서 '베이킹 & 오븐'이라고 라벨을 붙여서 수납장 제일 위에 수납한다. 이 상자 안에는 베이킹용 그릴망(쿠키와 타르트, 빵을 틀에서 꺼내 식힐 때 사용), 케이크 틀, 효모, 베이킹용 브러시, 롤링핀을 보관한다. 뚜껑이 있는 (3~5중) 스테인리스 트레이가 있으면 따로 타르트 틀이나 고기 전용 트레이, 그라탱 전용 트레이가 필요 없다.

　일회용 반창고나 진통제를 넣어둔 작은 구급약 상자도 필요하다. 주로 손을 베는 곳도 주방이고, 알약을 먹기 위해 물을 마시는 곳도 주방이다. 또 다른 상자에는 라벨링용 테이프와 펜, 가는 끈, 이쑤시개, 장보기 목록을 적을 메모지, 대형 종이테이프 등을 수납한다. 이처럼 세세한 것까지 챙기면 비웃음의 대상이 될 수도 있지만, 정리하기 좋아하는 것은 결점이 아니다. 요리 에디터 크리스틴 갤러리는 결혼을 할 때 (정리광이었던) 어머니가 보물처럼 아끼던 것을 결혼 선물로 주셨다고 한다. 바로 라벨링용 매직펜이었다.

결혼 선물치고는 이상했지만, 지금은 매일같이 감사해 하고 있다고 한다. 밀폐 용기와 유리병에 뚜렷하게 라벨이 있는 덕분에 주방에서 요리하거나 정리하기 수월한 데다, 보기에도 좋기 때문이다.

맛있고 건강한 요리를 위한
고품질 조리기구

조리기구가 가진 독성

건강과 웰빙을 위해 집밥을 해 먹고 유기농 채소를 사 먹더
라도 플라스틱 찜기나 테플론 팬, 전자레인지를 사용한다면
무슨 소용이 있을까? 제빵기, 전기 포트, 커피 메이커, 라클
렛용 그릴, 찜기, 전기밥솥. 편리하고 관리하기 쉽게 만든 이
런 조리기구들은 사실 모두 건강에 해롭다(수납장에 자리
를 많이 차지하는 데다, 짧은 수명은 말할 필요도 없다). 우
리는 이런 기구들을 사용하면서 우리도 모르는 사이에 식자
재에 함유된 살충제, 첨가제와 함께 온갖 종류의 교란 물질
과 발암 물질을 먹고 있다. 우리가 늘 사용하는 팬, 냄비, 터
퍼웨어, 지퍼락, 식기, 도마, 채반, 믹싱볼, 비닐 랩, 알루미늄
포일, 키친타월, 전기밥솥, 찜기, 세제 등 대부분의 제품에는

테플론과 알루미늄, 플라스틱을 비롯한 각종 유해 물질이 포함되어 있다.

테플론의 독성

> 저는 테팔 없이는 요리 못 해요!
>
> 어느 네티즌

우리는 테플론에 독성이 있다는 사실을 대부분 안다. 그런데 비교적 덜 알려진 사실이 있다. 뒤집개나 주걱에 긁혀서 손상될 때만 위험해지는 것이 아니다. 조리 온도가 230도 이상이 되면(가열 후 5분이 지나면 금세 도달하는 온도다) 테플론은 용해되기 시작한다. 그러면 플라스틱처럼 벗겨지고 분해되면서 불소가 함유된 유독 가스가 방출된다. 용해된 입자들은 우리가 먹을 음식물에 흡수된다. 테플론의 유해성에 대해 조금 더 자세히 알고 싶다면, 스테파니 소크틱 Stephanie Soechtig 감독이 만든 충격적인 다큐멘터리 영화 〈더 데빌 위 노우The Devil We Know〉를 추천한다.

알루미늄의 독성

> 그녀는 다기 선반 안쪽에서 단무지가 가득 담긴 접시와 차

즈케용 사발 하나, 작은 알루미늄 냄비를 하나 꺼냈다. 그런 다음, 잠시 냄비 뚜껑을 열고 냄새를 맡은 뒤 히바치 화로 위에 올렸다. 나는 그 안에 들어 있는 것이 무엇인지 유심히 보았다. 삶은 고구마였다.

나가이 가후 《강 동쪽의 기담》

알루미늄은 금세 뜨거워지고 가벼운 덕분에 오랫동안 주부들의 사랑을 받았다. 하지만 수많은 연구 결과, 알루미늄은 유해해서 절대로 음식에 직접 닿아서는 안 되는 물질로 입증되었다. 무엇보다도 알루미늄을 남용하면 (특히 가열되었을 때) 알츠하이머병을 유발할 수 있다. 그러므로 알루미늄 소재로 조리한 음식보다 건강에 해로운 것은 없다. 물론 알루미늄 포일도 마찬가지다. 특히 차가운 상태로 사용할 때보다 가열했을 때 훨씬 더 유해하다. 우리는 우리가 미처 알지 못하는 사이에 이미 충분히 많은 알루미늄을 섭취하고 있다(탄산음료나 맥주 캔, 수돗물). 이런 마당에 요리하면서 더 섭취할 필요는 없다. 한편 알루미늄 주물은 무쇠 주물과는 무관하다. 다만 주철 주조와 유사한 기법으로 만들어진 것을 말한다.

세라믹, 에나멜 소재의 독성

> 기존에 쓰던 테플론 팬 대신 세라믹 팬으로 바꾸었더니 난
> 리가 났어요! 눌어붙지 않는다고요? 에이, 설마!
>
> 어느 고객

에나멜 코팅, 세라믹 코팅, 스톤 팬. 어떤 용어를 사용하건, 가격이 얼마이건(일부 유명 브랜드 제품은 가격이 매우 비싸다), 이런 제품들에는 대부분 독성 물질이 함유되어 있다. 우리는 제조 방식이나 에나멜과 세라믹 성분량 등에 대해서는 거의 아는 바가 없다. 다만 기본 소재 위에 무언가를 씌우고 코팅하려면 자연적이지 않은 제조 공정을 거치지 않을 수 없다는 사실만큼은 확실하다. 게다가 에나멜에는 납, 카드뮴, 염료 같은 위험 물질이 함유되어 있다고 알려져 있다 (아, 여러분이 아끼는 오렌지색 무쇠 냄비!). 세라믹 팬은 오랫동안 건강과 환경에 좋은 방식으로 요리하기 위해 반드시 가지고 있어야 하는 조리기구로 소개되었다. 하지만 실제로는 깨지기 쉽고 내구성이 거의 없다. 코팅에 균열이 너무 빨리 생겨서 음식물이 알루미늄 소재와 쉽게 접촉하게 된다. 이른바 '친환경' 코팅은 사실 모두 나노 기술의 결과물이다. '다이아몬드' 코팅도 실제로는 일종의 테플론 화강암 코팅을 한 것이다. 스톤 팬은 원래 눌어붙지 않는 것으로 유명하

지만, 이것 역시 천연 소재가 아니다. 왜냐면 제조 과정에서 폴리테트라플루오로에틸렌(일반적으로 상품명으로 알려진 테플론의 화학명)을 반드시 사용해야 하기 때문이다. 또한 잘 알려져 있듯, 입자가 작을수록 생체 조직에 잘 흡수된다.

전자레인지의 유해성

> 소비자들은 점점 삶의 모든 측면에서 고의로 제품 수명을 단축하는 진부화를 받아들이고 있다. 강철 냄비가 나오기 전에는 철로 만든 냄비가 있었다. 그다음에는 1920년대에 집과 자동차 차례가 되었다. 그러더니 계획적인 진부화가 등장했다. 이제는 기술뿐만 아니라 스타일 때문에 새것으로 바꾸는 시대가 되었다.
>
> 헨리 페트로스키 《연필》

오늘날 주방에는 전자레인지가 필수품이 되었다. 사용하기 간편하고, 빠르고, 무엇보다 매우 실용적이다. 음식물을 데울 수 있고, 해동할 수도 있으며, 때로는 조리까지 가능하다. 심지어 젊은 세대는 전자레인지 없이 어떻게 살 수 있는지 모를 정도다. 하지만 전자레인지 사용을 둘러싼 논란은 여전하다. 음식물의 온도를 높이려면 마이크로파가 음식물 안에 함유된 물 분자를 강하게 진동시켜야 한다. 그러려면 약

2450메가헤르츠에 달하는 고주파수의 전자기파를 생성해야 한다(이는 군사용 레이더의 주파수에 해당하는 고주파수다). 마이크로파를 쪼이면 식품 속에 함유된 물 분자가 초당 24억 5000만 회에 걸쳐 방향을 바꾸며 회전한다. 그래서 전자레인지에서 금방 꺼낸 음식을 즉시 마시거나 먹을 경우, 이 분자들이 우리 위 안에서 최소한 10분간 더 활동하게 된다. 그렇게 되면 비타민과 영양분이 모두 파괴된 음식물과 함께 전자파도 먹는 셈이다. 그리고 솔직히 이야기해 보자. 전자레인지로 데운 음식이 정말 맛이 좋은가?

매년 먹고 있는 250그램의 플라스틱

> 플라스틱은 우리 강과 바다만 오염시키는 것이 아니다. 우리 각자의 몸도 오염시킨다.
>
> 캐나다 연구팀

플라스틱은 지구에만 위험한 존재가 아니다. 우리 몸에도 침범하기 때문이다. 캐나다의 한 연구에 따르면, 성인 한 사람이 섭취하는 미세 플라스틱 양은 연간 최대 5만 2000개에 달한다고 한다. 여기에 더해서 플라스틱 병에 든 물만 마신다면 미세 플라스틱 수는 9만 개가 더 추가된다(수돗물을 식수로 마시면 4000개가 추가된다). 매주 플라스틱 5그램을 먹는 셈인데, 이것은 신용카드 한 장의 무게와 같다. 이 수치는 당연히 각자 생활 방식과 사는 장소(사용하는 플라스틱 성분)에 따라 개인별로 차이가 있다. 그래도 플라스틱이 해양 생물만 위협하는 것이 아니라는 명백한 증거가 된다. 하지만 플라스틱 제조업체와 사용자들의 경제적 이익이 워낙 어마어마한 탓에 이 물질의 유독성에 대한 평가는 거의 이루어진 바 없는 실정이다. 플라스틱을 재활용하거나 처리하는 문제는 활발히 다루어지고 있는 반면 플라스틱이 우리 건강에 미치는 영향은 여전히 금기시되는 주제다. 누구도 이처럼 높은 비용이 드는 연구에 재정적 지원을 하려고 하지 않는다. 물론 플라스틱 사용을 전면 금지할 수 없겠지만, 그래도 사용을 제한할 수는 있을 것이다.

작은 조리기구가 가진 독성

나는 주방에 들어서면 가장 먼저 네 가지 물건을 꺼내는 것으로 시작해. (조리대로 삼고 있는) 도마와 칼, (달걀 껍데기 등을 놓아둘) 트레이, 쓰레기를 담을 사발. 조리기구 통은 늘 제자리에 있어. 그런 다음, 필요한 것들을 다 꺼내. 이미 상을 다 차린 거지.

어느 친구

크기가 작다고 해롭지 않다는 것은 아니다. 뒤집개와 주걱을 펄펄 끓는 음식에 넣어야 하는 경우가 종종 있다. 도마는 플라스틱 재질이거나(이 경우, 플라스틱 입자들이 음식에 침투한다) 유약을 칠해서 가공한 목재로 만든 것들이 대부분이다. 이번에도 미립자들이 음식을 통해 우리 위 속으로 들어오는 것을 막기 어렵다.

경계해야 하는 주방용품

본래 천연 소재인 실리콘에는 상당한 장점이 있다. 기름이 없이도 조리할 수 있고, 가볍고, 전자레인지에도 사용할 수 있다. 그래도 공업 공정을 거쳐 제조되었기 때문에 원재료가 변형되는 과정을 거치게 된다. 이를 위해 순수한 물질인 실리카에 다른 물질들을 혼합해야 한다. 몇몇 연구에 따르면, 80퍼센트 이상의 실리콘 틀에 규정치를 웃도는 휘발성 유기물이 포함된 것으로 확인되었다. 게다가 실리콘은 재활용되지 않는다. 오븐 요리의 맛있는 냄새도, 음식물의 바삭함도 찾을 수 없다. 이 밖에도 키친타월 역시 조심해야 한다. 흰색이니만큼 표백된 것이기 때문이다.

유해한 소재를 대체할 무해한 소재

> 놀라운 일이다. 열악한 하녀 방에 있건, 누군가의 거실에
> 있건, 다다미방에 있건, 중요치 않다. 나는 늘 자연과 깊
> 은 교감을 느낀다…. 내가 사용하는 물건들이 있다. 이 물
> 건들은 여러분이 어떤 의식에서 체험하는 것과 생소하지
> 않다. 이것들은 단순한 데다, 원목, 금속, 구운 흙, 대나무,
> 비단, 옻칠 등 자연에 가장 가까운 상태로 있다. 합성 소재
> 로 만든 물건이나 대량 생산된 물건은 없다.
>
> 프랑크 아르망《다례》

유해 물질을 대체할 만한 소재는 많지 않다. 스테인리스 스
틸, (에나멜 코팅을 하지 않은) 무쇠, 철, 붕규산 유리(파이
렉스), 나무(또는 대나무) 정도가 전부다. 무쇠는 뛰어난 열
전도체일 뿐만 아니라, 튼튼해서 대대손손 물려줄 수 있다.
자꾸 사용하면서 길이 들고 눌어붙지 않게 된다. 하지만 무
척 무거운 데다, 녹슬지 않게 유지 관리를 해주어야 한다. 철
은 무쇠보다 가볍고 멋있게 거무스름해진다. 하지만 녹이
슬기 때문에 매번 사용한 다음 관리해 주어야 한다(잘 말려
서 기름칠을 해줘야 한다). 이 두 소재를 대체할 수 있는, 세
번째로 뛰어난 소재가 바로 18/10 스테인리스 스틸이다. 내
구성이 가장 좋은 소재 가운데 하나인 스테인리스는 음식의

맛도 잘 살려준다. 구매할 때 18/10 스테인리스 스틸로 인증받은 제품인지 잘 확인하기를 바란다(18은 크롬 함유량으로 마모에 강한 정도를, 10은 니켈 함유량으로 충격에 강한 정도를 나타낸다). 마지막은 파이렉스다. 파이렉스는 무겁다. 파이렉스 소재의 팬은 아주 실용적이지는 않다. 잘 눌어붙기 때문이다. 하지만 파이렉스 소재로 된 작은 라미킨은 냉동하고 중탕하는 데 사용하기 딱 좋다.

재활용 병과 밀랍 포장지

식료품은 재활용 유리병에 넣어 보관하라. 이제 물은 사서 마시지 말고, 식수로도 손색없는 수돗물을 숯으로 정수해서 마셔라. 물맛에 거부감이 들면, 물병형 간이정수기나 차를 우려서 마셔보기를 바란다. 아니면, 간단하게 식당에서 사용하는 방법을 따라해 본다. 유리병에 물을 채워 뚜껑을 닫지 않은 상태로 냉장고에 하룻밤 보관하면 된다. 다음 날이 되면 물도 시원해지고 물맛도 중화된다. 주방에서 사용하는 비닐 랩은 밀랍 포장지로 바꾸도록 한다. 밀랍 랩은 만들기도 쉽고 무한대로 재사용할 수 있다. 다양한 크기의 네모 모양으로 잘라둔 밀랍 포장지를 사용하면, 비닐 랩을 꺼내 사용할 필요가 없어진다. 오래되어서 그릇에 붙어 있는 랩을 떼어내느라 짜증 낼 필요도, 너무 많이 혹은 모자라게 잘라

내거나, 롤을 정리해 넣을 필요도 없어진다. 작은 네모 크기의 밀랍 포장지는 훨씬 실용적이고 사용하기 편하다. 채소는 미표백 크라프트지 봉투에 보관하면 좋다. 익힌 채소를 보관할 용기로는 유리병만 한 것이 없다. 병째로 중탕해서 데울 수 있어 냄비에 음식을 묻히지 않을 수 있다. 장을 볼 때는 대형 마트에서 다량으로 사는 대신 소매점에서 낱개로 사도록 한다(향후 2030년까지 유럽에서는 대형 마트에서 최소 20퍼센트의 제품을 낱개로 판매하도록 하는 법이 시행된다). 플라스틱 사용을 줄이기 위해 너무 많이 냉동하지 않도록 한다(음식을 냉동하면 어쨌건 영양가가 떨어지는 법이다. 한 친구의 말처럼, 우리는 '살아 있는' 음식만 먹어야 한다. 살아 있기에 '썩게 되는' 음식 말이다).

작은 조리도구는 나무와 스테인리스로

플라스틱이나 실리콘 재질의 체, 거르개, 필러, 거품기, 뒤집개 등을 스테인리스나 나무 소재로 바꾸기를 바란다. 그러면 벽에 걸어두거나 조리도구 통에 넣어두었을 때, 보기에도 좋다. 또한 주방에서 '와비사비わびさび'(소박하고 단순함을 뜻함 – 옮긴이)의 매력이 물씬 느껴지면서, 그 공간에서 요리하고 싶은 마음이 더 샘솟을 것이다.

포일과 랩 대신 유산지

커피 여과지, 알약 코팅제 등에는 모두 이산화 타이타늄이
사용된다. 비닐 랩과 알루미늄 포일 대용으로는 가능한 한
갈색 유산지를 사용하도록 한다. 샌드위치를 싸거나 치즈를
보관할 때 특히 편리하다. 치즈는 보기에는 마른 상태인 것
처럼 보여도 보관 중에 숨을 쉬어야 한다. 유산지는 분해되
지 않으면서 치즈의 과도한 습기를 완벽하게 흡수해 준다.
그 외에는 마른 면포가 제일 좋다.

전자레인지 없는 삶

전자레인지 없이 살기? 얼마든지 가능하다. 냉동식품을 해
동하려면 먹기 전에 미리 몇 시간 전에 냉동실에서 꺼내놓
으면 된다. 음식을 데우는 방법은 옛날 옛적부터 내려온 방
법이 여럿 있다.

- 쌀밥: 냄비에 물을 2큰술 넣고 밥을 넣은 뒤, 덩어리진 밥
  은 포크로 풀고 뚜껑을 덮은 다음, 약불에서 5분간 끓인다.
- 삶은 파스타 국수: 끓는 물에 살짝 데쳐준다.
- 소스 요리 또는 스튜 요리: 약불에(또는 인덕션에) 올려
  서 데우면 계속 끓이지 않아도 고르게 잘 데워진다. 약간

의 물을 첨가해 주면 소스가 냄비 바닥에 눌어붙는 것을 방지할 수 있다.

- 그라탱: 낮은 온도(70도)로 설정한 오븐(또는 미니 오븐 토스터)에 넣어 데워준다(계속 익히지 않아도 그라탱은 천천히 데워진다. 물론 전자레인지에 돌리는 것보다는 오래 걸리지만 이것이 훨씬 더 건강한 방법이다!). 인덕션 위에서는 낮은 온도로도 데울 수 있다.

- 타르트(페이스트리를 눅눅해지지 않게 데우는 법): 팬에 올리고 뚜껑을 덮은 다음, 약불에서 10분간 데운다. 바삭하게 데워진다고 보장한다. 같은 방법으로 피자와 퍼프 페이스트리도 바삭하게 데울 수 있다.

- 버터, 초콜릿, 코코아오일: 녹이거나 부드럽게 만들려면, 중탕을 이용한다(소량의 물을 데운 다음, 내용물을 유리 용기에 담아 뜨거운 물 안에 담근다). 이 방법이 냄비에 직접 넣고 데우는 것보다 확실하다. 냄비에 직접 데울 경우, 잠깐 한눈파는 사이에 금세 눌어붙거나 타버릴 수 있기 때문이다.

교토에 사는 나의 오랜 이웃은 저녁밥(점심으로 먹고 남은 밥)을 소테팬에 넣고 중탕으로 데워 먹었다. 그녀는 팬에 물을 조금 부은 다음, 그 안에 쌀밥 한 공기와 국, 라미킨 한두 개에 남은 음식들을 조금씩 채워 넣고 데웠다(그릇들은 모두 높이를 통일했다). 하지만 구내식당이나 사무실에서는 전자레인지 없이 어떻게 하냐는 의문이 들 수 있다. 아주 간단한 해결책이 있다. 데우지 않으면 그만이다. 일본식 도시락은 차가워도 맛있게 먹을 수 있도록 만든다. 겨울에는 보온병에 따뜻한 음료나 국을 가져와서 함께 먹으면 된다.

피할 수 없는 플라스틱 용품

플라스틱 사용을 100퍼센트 금할 필요는 없다. 플라스틱은 매우 실용적인 존재(가령 냉동용 작은 밀폐 용기)이며, 때로는 대체 불가능한 것이기도 하다. 이런 사실을 인정해야 한다. 플라스틱을 완전히 제거하는 것은 가능할 수 있지만, 너무 많은 구속이 따른다. 다른 방도가 없다면 그 때문에 삶을 망치지는 말자. 가령 삶은 콩(말린 콩을 삶으려면 시간이 무척 오래 걸리기 때문에 한 번에 많이 삶아서 일부는 냉동해두어야 한다)은 유리병에 넣어 보관하기가 매우 어렵다. 서로 붙어버려서 (예를 들어 수프나 샐러드에 넣기 위해) 한 번에 소량만 떼어내기가 까다롭다. 그래서 지퍼락이 없으면 안 된다. (트레이에 놓고 얼린 다음, 유리병에 옮겨 담지 않는 한) 베리류도 마찬가지다. 게다가 쓰레기로 퇴비를 만들거나 소각하지 않는 경우, 비닐봉지가 없으면 쓰레기를 어떻게 처리하겠는가? 그래도 가능한 한 주변 환경에서 플라스틱을 없애겠다고 결심하게 되면, 소비 방식에 어마어마한 변화가 생긴다. 쟁여두는 물건도 적어지고 냉동식품도 줄어들게 된다. 이제 여러분의 냉동고에는 일요일 저녁 같은 때에 비상용으로 먹을 파슬리 한 다발, 소시지 몇 개, 빵 몇 조각만 남게 된다. 내가 그랬듯, 어쩌면 여러분도 작은 냉동실 한 칸만 딸린 작은 냉장고로 바꿔야겠다고 마음먹을 수 있다. 이제는 수납장 안의 공간을 희생해 가면서 플라스틱 용기를 수납하지 않아도 된다. 마지막으로 플라스틱을 적게 쓰기로 결심하면 여러분은 몇몇 반사적인 행동을 하는 자신을 보며 놀라게 될 것이다. 이제는 요거트나 파이 반죽, 타불레 샐러드는 사 먹을 생각을 하지 않고 직접 집에서 만들어 먹을 것이다. 여러분은 장을 볼 때 미처 의식하지 못하더라도 미리 만들어져 포장된 것이라면 모두 본능적으로 피하게 될 것이다. 일단 집밥에 맛을 들이면 다른 방식으로 먹고 사는 것이 불가능해진다.

최고의 저온 조리기구

무수분 & 저수분 저온 조리기구

일상적인 생활 공간과 우리 주변의 물건들이야말로 우리

주인이자 우리 친구다. 아름다움은 개념에 불과한 것이 아니다. 아름다움은 일상생활 안에서 구체화될 때 의미를 지닌다. 도구를 사용한다? '사용'이라는 단어는 우리를 창조로 초대한다. 일상생활 속 조화로움에서 우러나오는 아름다움이 우리에게 이것을 가르쳐준다.

로산진, 20세기 초 일본의 천재 요리사

거의 알려지지 않은 사실이지만, 무수분이나 저수분 저온 요리용 조리기구는 건강과 맛 측면에서 최고의 조리기구다. 비결은? 18/10 스테인리스 스틸 소재로 만들고, 고품질에, 바닥이 두껍고 뚜껑이 완전히 밀폐되기 때문이다. 무수분 혹은 저수분 저온 조리기구는 소테팬, 냄비, 만능냄비 중 무엇으로도 모든 요리를 실용적으로 할 수 있다. 스테이크, 크레프, 피자뿐만 아니라 무거운 무쇠 냄비 안에서 몇 시간이고 푹 익혀야 하는 뵈프 부르기뇽도 가능하다.

저온 조리의 의미

차가운 밤
국수 냄비 아래
불을 지피네.

마쓰오 바쇼

간단히 말해 저온 조리란 일종의 전통 조리법이다. 우리 할머니들이 무쇠 냄비에 재료를 담아 장작 난로 위에 올려두고 약한 불에서 푹 익히던 것과 같다. 이때 냄비 속 내용물은 자체 즙이나 채수로 천천히 조리된다.

오늘날 무수분 요리용 냄비는 무쇠가 아니라 18/10 스테인리스 스틸 소재로 바뀌었다. 이 소재로 만든 냄비는 바닥이 아주 두꺼운 덕분에(고급 냄비는 5~7중 바닥이고, 최고급은 9중인 것도 있다), 아주 약한 불만 있으면 된다. 스테인리스 스틸은 바닥과 내벽 안에 열을 축적해서 고르게 분산시킨다. 덕분에 물을 (거의) 첨가하지 않아도 음식물이 천천히 조리된다. 조리 온도가 90도를 넘지 않는 저온으로 지속되면서 음식물은 뜨거워지지만 타지 않고 '땀을 흘리게' 된다. 채소의 경우, 씻은 뒤 젖은 상태의 채소를 소테팬에 넣고 가열하다가, 김이 나기 시작하면 불을 제일 약하게 줄이고 몇 분간 기다린 다음 끄면 된다.

만능냄비나 소테팬은 뚜껑의 밀폐력이 좋아서 김이 나도 뚜껑과 냄비 사이가 빈틈없이 밀폐되어 마치 오븐이나 압력솥에서 조리하는 것처럼 된다. 이렇게 형성된 수증기는 내부에서 위로 올라가 바닥보다 낮은 온도의 뚜껑에 닿아 물방울이 되어 떨어진다. 이 물방울들이 뜨거운 바닥에 닿으면 다시 증발되고, 이런 식으로 순환이 이루어진다. 일반적인 사용 조건에서는 아주 약한 불로 가열하면, 조리기구 내부 온도는 100도 미만으로 유지된다. 고기와 생선의 경우, 뚜껑을 살짝만 열고 가열하면, 기름도 튀지 않고 음식 냄새도 퍼지지 않아서 벽과 후드도 더러워지지 않는다. 나는 오랫동안 이런 스테인리스 팬을 사용해서 아침에 토스트를 구워 먹었다. 소테팬을 예열한 다음, 식빵 한 조각을 넣고 몇 분간 뚜껑을 닫아두기만 하면 된다. 이렇게 하면 먹음직스럽고 노릇하게 잘 구워진, 겉은 바삭하고 속은 부드러운 토스트가 완성된다. 감자 오븐구이, 즉 영국식 로스트 포테이토도 마찬가지 방법으로 조리하면 된다. 감자를 이 스테인리스 스틸 조리기구에 넣고 무수분으로 약불에서 조리하면 마치 오븐에 구운 것처럼 된다.

저온 조리법의 장점

> 불을 줄이렴. 천천히 익혀야 해. 그게 훨씬 좋단다.
>
> 우리 어머니가 귀에 딱지가 앉을 정도로 내게 해주셨던 조언

군이 말할 필요도 없이 이러한 조리법이 가장 건강한 조리법이다. 오래 조리하거나 고온으로 조리하면 영양소가 파괴되고 음식물의 혈당 지수가 상승하며, 발암 물질이 형성된다(바로 그 유명한 마이야르 반응이다). 반면 (100도 미만의) 저온으로 조리하면 채소의 미네랄 소금, 무기질, 비타민

균형이 그대로 유지된다. 이는 단 10초 만에 영양소의 90퍼센트를 파괴하는 전자레인지 조리법이나 삶기(물에 넣고 삶으면 소중한 영양분이 물속으로 빠져나간다), 찌기(찜기 바닥으로 영양소가 떨어진다)와는 대조적이다. 게다가 저온으로 조리한 채소는 섬유질이 터지지 않아서 원래 형태와 색깔을 유지한다. 맛 역시 온전하다. 따라서 구태여 양념을 하지 않고 먹어도 된다(더군다나 일반적으로 조리하는 동안 채소에 소금을 첨가하지 않는 것이 좋다고 알려져 있다. 소금을 넣으면 끓는점이 높아져서 비타민 파괴가 가속화된다. 식물성 미네랄 소금과 첨가한 소금 사이에 반응이 일어나 흡수율을 떨어뜨리고 맛도 변질시킨다).

채소 본연의 맛을 살리는 조리법

> 열심히 용돈 모아서 전문가용 식칼도 사고 냄비나 소쿠리 같은 걸 샀지 뭐. 말이 돼? 열대여섯 살 여자애가 악착같이 돈을 모아 소쿠리니 숫돌이니 튀김용 냄비 같은 걸 산다니.
>
> 무라카미 하루키《노르웨이의 숲》

이런 조리기구가 잘 알려지지 않은 이유는 가격이 비싸기 때문이다(냄비 하나 혹은 소테팬 하나가 수백 유로까지 한다). 하지만 이렇게 조리기구에 투자하면 시간이 지날수록 본전 이상으로 이득이다. 더는 다른 조리기구를 살 필요도 없고, 사고 싶은 마음도 들지 않기 때문이다. 스테인리스 스틸 조리기구는 닳지 않아서 (평생 보증된다!) 대대로 물려줄 수 있다(가장 초창기 상품이 1950년대에 미국 시장에 출시되었는데, 그때 구입한 사람들이 여전히 사용하고 있다며 사기 잘했다고 입을 모은다). 조리 시간 덕분에 에너지도 절약된다(두 번째 조리 단계에서는 불을 끄기 때문에 가스나 전기를 쓰지 않는다). 또한 조미료도 덜 쓰게 되고, 건강해지는 효과도 느껴진다. 이 조리법을 이용하는 사람들에 따르면, 체중도 줄고 당뇨나 고혈압 문제도 (일부 또는 완전히) 해결되었다고 한다.

스테인리스 스틸 조리기구는 물건을 거의 소유하고 싶어 하지 않는 미니멀리스트나 집에 공간적 여유가 없는 사람들에게는 완벽한 조리기구다. 스테인리스 조리기구 두세 개만 있으면(소테팬 하나, 냄비 하나, 만능냄비 하나) 전기밥솥, 압력솥, 토스터, 튀김기, 스튜 냄비, 찜기, 전자레인지 등이 모두 필요 없다. 이 기구들은 유지 관리하기도 쉽다. 심지어 태우게 되더라도 과탄산소다와 물을 약간 넣고 끓이면 다시 새것처럼 반짝반짝해진다.

조리기구의 크기와 용량

가지고 있는 것들, 정말 다 필요할까?

> 없앨 건 없애고 적절한 건 다 가져오는 편이 좋다.
>
> 료칸 《은자의 시》

우리에게 정말로 필요한 것이 무엇인지 따져야 할 때, 우리는 객관성을 잃는 경우가 많다. 너무 크거나 너무 작은 냄비를 사는 실수를 해본 적 없는 사람이 있을까? 너무 무거운 파스타용 냄비를 사거나 눌어붙지 않는다면서 일 년 후에 코팅이 벗겨진 팬을 사본 경험은 누구나 있을 것이다. 우리는 조리기구를 구입하면서 사는 이유를 따지지 않고, 용도를 진지하게 생각해 보지 않는 경우가 많다. 보기에 좋고 디자인이 예뻐서 사기도 하고 가격이 괜찮아서 사는 경우도 종종 있다. 그런데 과연 우리는 어떤 크기의 조리기구가 필요한지 고려하고 있는가? 조리법마다 적합한 조리기구 유형이 무엇인지는 따져보고 있는가? 이런 질문들에 대한 답을 실제로 찾다 보면, 우리가 가지고 있는 물건들 가운데 필요 없는 것은 가지치기하듯 정리할 수 있게 된다. 그러면서 균형 잡히고 건강한 방법으로 음식을 만들어 먹으면서 요리하는 즐거움도 만끽하게 된다.

가지고 있는 조리기구를 좋아해야 한다

> 남편과 나는 매년 요리에 필요한 집기를 모두 갖추고 있다고 하는 전원주택을 빌려 휴가를 간다. 하지만 가보면 동전처럼 바닥이 얇은 냄비들만 있다. 그래서 나는 늘 쓰던 채소 탈수기 하나, 소금과 후추 갈이 각각 하나씩(식탁에 두던 것이라 쓸 일이 많지 않던 것들이다), 작은 과도와 큰 식도 하나씩, 수프를 태우지 않고 끓일 바닥이 두꺼운 커다란 르크루제 만능냄비 하나, 내용물이 넘치지 않게 깊이가 있는 팬 하나를 항상 가져간다.
>
> 트리시 데세이네《시크하면서도 단순하게》

자기가 가지고 있는 조리기구를 좋아하려면 먼저 잘 골라야 한다. 품질이 좋은지, 쓰기 편한지, 즐겁게 사용할 수 있는지 따질 뿐만 아니라 필요에 맞는 크기와 용량인지도 따져서 선택해야 한다. 냄비가 필요 이상으로 너무 크면 너무 많은 양의 음식을 만들게 된다. 특히 혼자 사는 경우, 이렇게 되면 난감하다. 사람들은 누구나 각자 좋아하는 요리, 식단, 삶의 방식이 있기 마련이다. 매일 샐러드를 먹는 사람이라면 샐러드를 더 먹음직스럽게 보이게 만들 유리그릇을 찾는 노력을 늘 해야 한다. 정말 매일 필요한 조리기구나 그릇이 무엇인지 생각할수록 요리하고 싶어지고, 더 나아가 요리하는 것이 습관이 되며, 하나의 생활 방식이 된다. 여러분에게 필요한 조리기구와 그릇의 유형, 크기, 용량을 객관적으로 규정하고 나머지 것은 처분하거나 (아직 요리할 장비가 아무것도 없어서) 필요한 것을 갖추려면, 다음과 같은 질문에 스스로 답해야 한다.

- 내가 꾸준히 먹는 음식은 무엇일까?
- 내가 정말로 좋아하는 음식은 무엇일까?
- 내가 꾸준히 요리하고 싶어 할 것 같은 (동시에 필요한 기구가 없어서 요리하지 않고 있는) 음식은 무엇일까?

이런 과정을 거치면 여러분의 필요와 능력, 취향에 맞는 조리기구를 몇 개라도 잘 고를 수 있다.

조리기구의 크기

> 나처럼 아주 작은 것들의 위대함에서 영감을 받는 사람은
> 그저 소소한 것, 일상이라는 옷을 걸치고 있는 것 한가운
> 데서도 미를 추격하니, 그 위대함은 일상적인 것들의 어떤
> 배열에서, 그러니까 일종의 '맞아, 딱 그거야!' '바로 그래
> 야지!' 같은 확신성에서 튀어나온다.
>
> 뮈리엘 바르베리 《고슴도치의 우아함》

우리는 혼자 사는지 아니면 가족과 함께 사는지, 남성인지
여성인지, 서른 살인지 아흔 살인지에 따라 다른 크기의 조
리기구를 선택해야 한다. 일본의 일부 독신 여성들은 마치
불문율처럼 지름 12센티미터짜리 작은 냄비와 16센티미터
짜리 팬만 고집한다. 이 사이즈가 손으로 잡기도 좋고, 세척
하기에도 좋으며, 심지어 보기에도 좋다고 생각하기 때문
이다! 내 경우, 전기밥솥으로 밥을 짓지 않기로 마음먹었을
때, 시간을 들여 '내게 맞는' 밥솥을 찾기 시작했다. 크기도
적당하고(최대 2~3인분), 깊이도 적당하고(끓으면서 물이
넘치지 말아야 하니까), 설거지하기에도 편한(거의 매일 밥
을 지으니까) 냄비를 물색했다. 작은 무쇠 냄비, 뚝배기, 별
의별 냄비와 파스타용 냄비를 다 써보았다. 모두 밥 짓는 용
도로 나온 것들이었고 나름대로 최상의 밥맛을 내는 것으로

이름난 것들이었다. 나는 이것도 써보고, 저것도 써보고 또 써보았다. 하지만 결코 만족스러운 것을 찾을 수 없었다. 무쇠 냄비와 뚝배기 냄비는 너무 무거웠고 밥이 눌었다. 씻기도 힘들고 고생스러웠다. '쌀밥 전용' 조리기구라고 더 나은 것은 없었다. 밥 말고는 다른 요리는 할 수 없었고, 여전히 크기에 비해 만족감이 덜 했다. 미관상으로도 좋지 않았다. 그러던 어느 날, 우연히 딱 좋은 냄비를 발견하게 되었다. 지름 12센티미터 크기의 독일제 스테인리스 스틸 냄비였다. 이 냄비는 바닥도 두껍고, 깊이도 충분히 깊고, 품질도 뛰어나다. 설거지하기에도 쉽고, 식기 건조대에 자리도 많이 차지하지 않는다. 이 냄비로 다양한 곡물과 수프, 파스타까지 요리할 수 있다(용량이 작아서 다이어트에도 방해되지 않는다). 크기가 작아서 음식이 남는 경우, 냉장고에 넣어도 공간을 별로 차지하지 않는다. 이 소중한 만능냄비는 이제 내게 세상 무엇과도 바꿀 수 없는 것이 되었다. 내게는 더없이 완벽한 냄비다. 바로 '내게 맞는' 만능냄비다.

혼자 살더라도 훨씬 큰 조리기구를 선호하는 사람들의 심정도 나는 충분히 이해한다. 이들은 많은 양을 만들어서 냉동해 두거나 이삼일 치 음식을 한꺼번에 준비하는 것이다. 큰 소테팬(24센티미터나 26센티미터)이 있으면, 혼자 사는 사람도 다른 기구를 쓸 필요 없이 한 끼 식사를 준비할 수 있고, 주말에 친구 두세 명과 함께 먹을 카레나 스튜를 만들 수 있다. 나로서는 이유를 알 수 없지만 남성들의 경우, 무겁고 부피가 큰 것을 선호하는 듯하다. 물론 각자 선호하는 것, 자기에게 맞는 크기가 있는 법이니까. 하지만 내게 가장 기본적인 사이즈가 무엇이냐고 묻는다면, 혼자 사는 사람이나 커플이 쓰기에는 소테팬은 지름 18센티미터짜리, 냄비는 2.5~3리터짜리가 가장 실용적인 크기와 용량이라고 대답하고 싶다.

만약 스테인리스 스틸 조리기구로 저온 조리를 시작하고자 한다면, 몇 가지 명심해야 할 사항이 있다. 냄비의 2/3를 채우지 않으면 채소에서는 조리에 필요한 수증기를 만들 충분한 수분이 나오지 않는다. 따라서 저온 조리를 한다면 지름 14센티미터짜리 냄비면 충분하다. 마찬가지로 300그램이나 400그램, 심지어 500그램 정도 되는 작은 덩어리의 고기를 구울 때도 이 정도 크기 냄비면 충분하다.

장난감 같은 조리기구

12센티미터(여성 1인용)나 14센티미터(남성 1인용)짜리 미니 냄비에 밥을 짓거나 소량의 파스타를 만든다고 하면 적절한 방법이 아니라고 생각할 수 있다. 그래도 이 정도면 거의 물건을 소유하지 않는 것보다는 거부감이 덜 든다. 미니멀리즘이 유행하기 전에는 이렇게 물건을 소유하지 않는다고 하면 대부분의 사람이 충격을 받았던 시절이 있었다. 우리는 우리가 가지고 있는 물건들을 올바르게 사용하고 있는지 객관적으로 재검토해야 한다. 이와 동시에 우리에게 영향을 주는 사회적 규범에서도 벗어나야 한다. 혼자 사는 사람이 사용하는 조리기구 세트는 4인 가구에 필요한 조리기구와 같을 수 없다. 또한 요리하는 즐거움에 맛을 들이고 싶다면, 모든 조리기구 하나하나가 사용하기 쉽고 사용할 때마다 즐거워야 한다. '재미'없이 살기에 인생은 너무 짧다. 요리하는 시간도 포함해서 말이다.

'우리'를 보여주는 그릇

넘치도록 많은 그릇

> 부젓가락과 장작 받침쇠 / 주전자 하나 / 냄비 / 그리고 프
> 라이팬 / 국자 / 세면대 / 나이프와 포크 두 벌 / 접시 세
> 개 / 컵 하나 / 숟가락 하나 / 기름 단지 / 당밀 단지.
>
> 필립 한든《자유로운 여행자의 소지품 목록》

우리의 그릇 수납장은 대개 꽉 차 있다. 특히 나이가 들수록
그렇다. 심지어 요리를 안 하거나 혼자 사는 경우에도 그렇
다. 우리가 가지고 있는 그릇은 흔히 집안에서 전해져 내려
오거나 친구들에게 선물받은 것들이다. 이런 그릇들이 쌓이
면서 주방을 정리하는 데 방해가 된다. 원활하게 물건을 꺼
내고 정리하고 고를 수 있는 공간이 부족해진다. 일상적으

로 훨씬 편하게 요리할 수 있음에도 그렇게 하지 못한다. 그릇을 분류해서 버릴 것과 버리지 않을 것을 선별하는 작업은 마음 아픈 일이 될 수 있다. 하지만 그럼으로써 주방에 숨통을 트게 해 내 집에서 나를 위해 요리하고 싶은 마음이 (다시) 생길 수도 있다.

그릇 정리를 시작하는 법

> 세상의 때가 묻지 않은
> 낡은 국그릇과 뚜껑 하나.
>
> 마쓰오 바쇼

라이프 스타일은 단 두 시간 만에 뚝딱 바꿀 수 있는 것이 아니다. 그릇을 정리하려고 충동적으로 모든 그릇을 넓은 식탁에 꺼내놓기 전에 먼저 몇 가지 사항을 점검해 보도록 한다.

- 나의 일상적인 식사 방식에 적합한가?
- 나의 식욕, 나이, 필요에 비추어보았을 때 크기는 적절한가?
- 나의 취향이 진정으로 반영된 그릇인가?
- 사용하고 설거지하고 정리하기 쉬운 그릇인가?

각자 필요에 맞는 그릇

금발 소녀 골디락스 이야기는 누구나 아는 이야기다. 이 꼬마 소녀는 곰 세 마리(아빠 곰, 엄마 곰, 아기 곰)가 사는 집에 가서 모든 수프를 먹어보며 자기에게 알맞은 온도의 수프를 찾았고, 모든 침대에 누워보며 자기 키에 알맞은 침대를 찾았다. 자, 그렇다면 우리 집 사정은 어떨까? '딱 맞는' 물건, 즉 우리의 필요, 크기, 취향에 적합한 물건은 우리를 편하게 하고, 우리에게 위로가 되며, 우리에게 기쁨을 준다. 하지만 딱 맞는 물건도 딱 필요한 양만큼 있어야 한다.

요리하고 싶은 마음이 다시 생기도록 주방을 정리하고 싶을 때 가장 현명한 방법은 무엇일까? 소중한 의미가 있는 가족이 쓰던 그릇들을 가지고 있다면, 크기가 작은 것을 몇 개만 남겨두도록 한다(포트와인 잔이나 오래된 받침이 있는 작은 식전주 잔 몇 개만 있어도 다용도로 사용할 수 있다. 주종을 가리지 않고 대부분의 주류에 적합하다. 이런 잔들은 받침 달린 큰 잔들보다 훨씬 덜 깨진다. 게다가 잔이 작은 만큼 과음하지 않게 된다. 이 밖에도 오래 사용한 디저트 접시들이나 작은 라미킨 등도 남겨두면 좋다). 은 식기류(전채 요리를 맛보는 데 적합한 작은 포크나 작은 버터 칼 등)는 제일 작고 일상생활에 가장 적합한 것 몇 점만 가지고 나머지는 나눔을 하면 어떨까? 이런 추억의 물건들은 적게 가지고 있을수록 더 아끼게 된다.

식사 방식에 맞는 그릇

> 절의 이끼 위에 핀 동백, 교토 산의 자줏빛, 푸른 도자기
> 찻잔, 덧없는 정열 한가운데 순수하게 피는 아름다움. 우
> 리 모두가 바라는 게 그런 것 아닐까?
>
> 뮈리엘 바르베리《고슴도치의 우아함》

어느 젊은 여자가 말하길, 자기 집에는 각자 쓰는 접시가 정
해져 있다고 한다. 남편은 큰 접시를 쓰고, 그녀는 작은 접
시, 즉 '아기 접시'를 쓴다고 한다. 혹시 여러분의 수납장 깊
숙한 곳에도 정확히 어디에 써야 할지 몰라서 절대 쓰지 않
는 도자기 접시나 라미킨이 있지 않은가? 만약 그렇다면 아
무리 예쁘고, 도자기공 친구가 서명까지 해서 선물한 것이
라 하더라도, 그런 그릇들이 있어야 할 자리는 여러분의 집
이 아니다. 여러분이 무엇을 좋아하는지는 여러분의 손이
잘 안다. 왜인지는 모르지만 늘 같은 그릇들에 손이 간다. 아
마도 편리하고 가볍고 설거지하기 용이한 그릇들이라서 그
럴 테지만 분명히 다른 이유가 더 있을 것이다. 하지만 굳이
이유를 캐려고 애쓰지는 말자. 그냥 이런저런 그릇에 우리

가 끌린다는 사실을 담백하게 받아들이자.

실용적인 그릇

> 내가 밥을 차려 먹는 방식은 매우 단순하다. 직접 만든 예
> 쁜 도자기 그릇에 음식을 담아 먹는다. 그러면 눈으로 느
> 끼는 즐거움이 영혼의 양식이 된다. 이러한 직관적인 삶의
> 방식 덕분에 자기 자신과 연결의 끈을 이어갈 수 있다. 딱
> 히 규칙은 없다. 자기 자신에게 좋은 것이 무엇인지 느끼
> 는 것은 각자의 몫이다. 우리는 모두 다르니까.
>
> 야스미나 로시, 60대 톱 모델

요즘 소셜 네트워크에서 커다란 접시 하나로 해결하는 '원
플레이트' 다이어트 식단이 유행이다. 많은 모델이 균형 잡
힌 다이어트 식단으로 구성된 접시 하나를 블로그에 올린
다. 접시의 색이나 소재가 무엇이건 상관없다. 중요한 점은
이 접시 하나에 한 끼 식사를 다 담을 수 있어야 한다는 것
이다. 이때 음식은 맛있어 보여야 하고 (설거지, 정리 등) 손
이 많이 가지 않아야 한다. 이 새로운 식사법은 천 년 전 우
리 조상들이 사발 하나로 식사하던 것과 조금 닮아 있다. 오
베르뉴 지방에서 선조들은 저녁 식사로 수프 한 접시에 빵

한 조각을 곁들여 먹었고, 중국에서는 집 앞 작은 나무 의자에 앉아 국수 한 그릇으로 요기했다. 동양식이건, 서양식이건, 나는 이와 같은 식사 방식을 참 좋아한다. 소파에서건, 발코니에서건, 아주 편안한 분위기에서 음식을 음미할 수 있기 때문이다. 이뿐만 아니라 사발 하나로 하는 식사는 시대를 막론하고 수도자, 은자, 영적 종교인의 단순한 삶과 자발적 빈곤을 상징했다는 점도 마음에 든다.

필요한 것만 남기는 법

그릇의 가짓수는 얼마 되지 않지만 알차게 소유하는 가장 좋은 방법은 다용도로 쓸 수 있고, 형태가 일정하며, 무늬가 없고 투명한, 중간 톤인 것으로 고르는 것이다. 또한 '유행'을 타는 (그래서 싫증이 날 수밖에 없는) 그릇이나 너무 전통적인 그릇은 피하도록 한다. 혼밥을 하건, 아니면 둘이나 여럿이서 함께 식사를 하건, 어떤 상황에서도 사용할 수 있는 그릇을 고르면 된다. 샐러드는 언제건 유리나 나무 소재의 샐러드 볼이나 라미킨에 담으면 보기 좋다. 중간 크기의 사발과 접시도 몇 개 가지고 있으면 좋다. 수프나 샐러드용으로 쓰거나, 모든 음식을 한 사발에 담아 먹는 '일품요리'('부다 볼'이라고도 한다)용으로 쓰기에 이상적이기 때문이다. 요리를 공용 접시에 담아서 식탁에 차리는 수고도 할 필요가 없다. 음식을 조리기구에서 사발이나 접시로 직접 옮기면 된다. 가끔 분위기를 내고 싶거나 특별히 축하할 일이 있는 경우라면 식탁 위에 꽃 장식을 하고, 촛불을 몇 개 밝히고, 요리한 음식과 어울리는 배경 음악을 트는 것으로도 충분하다. 이 정도만 해도 축제 분위기가 물씬 날 것이다. 적게 소유하며 산다고 해서 즐거움이 반감되라는 법은 없다. 오히려 그 반대다. 즐거움은 열 배 더 배가된다.

마음이 가는 그릇

> 자기가 어디에 있는지도 모르면서 어떻게 존재한다는 말인가?
>
> 뮈리엘 바르베리 《고슴도치의 우아함》

- 심플하고 자연스러운 스타일?
- 스칸디나비아 레트로풍의 휘게 스타일?
- (곱고 세련된) 부르주아 스타일?
- 부드럽고 은은한 스타일?
- (전자레인지와 식기세척기에 모두 사용할 수 있는 실용적이고 가벼운) 인더스트리얼 스타일?

- 수공예품 스타일?
- (등나무 등으로 만든) 뉴에이지 스타일?
- (흰색 사각형 그릇 같은) 미니멀리즘 스타일?

여러분과 가장 많이 닮은 그릇은 무엇인가? 어떤 사람들은 자기가 가지고 있는 그릇의 유형과 개수에 결코 의문을 제기하지 않는다. 자기 스타일을 발견했기 때문이다. 이들의 스타일은 얼핏 단순해 보이지만, 사실은 수년간 시행착오를 거친 결과다. 이들은 대체로 단순한 것을 좋아한다. 내가 아는 사람들 가운데에도 그런 사람들이 있다. 함께 사는 두 친구, 장미셸과 파브리스 커플과 나이 많은 나의 오랜 친구 치요가 그렇다. 치요는 여든 일곱의 나이에도 늘 그래왔듯 계속해서 마메자라(일본에서 전통적으로 사용하는 작은 접시)를 일상에서 사용한다. 친구들이 사용하는 그릇은 스타일이 무척 다르지만 각각 그릇 주인의 취향과 생활 방식, 사회적 필요에 완벽하게 부합한다.

예술가 커플의 푸른색 접시

장미셸과 파브리스는 원래는 골동품 애호가였다가, 어느 날 문득 미니멀리스트로 전향했다. 그래서 두 사람은 이사도

하고 인테리어와 가구도 바꾸었지만 그러면서도 그들이 매일 사용하는 예쁜 접시와 컵 네 개는 그대로 간직했다. 18세기에 만들어진, 흰색 바탕에 푸른색 문양이 있고 가벼운 멋진 골동품 접시들과 그 외 다른 '온갖 것들'도 네 개씩 남겼다. 찻잔과 찻주전자, 포도주와 물, 위스키를 담아서 먹는 잔, 흰색의 작은 사각형 접시(파브리스가 설명한 바에 따르면, 오렌지 껍질과 그녀가 즐겨 만드는 환상적인 영국식 크럼블을 담는 용도라고 한다), 그리고 커다란 샐러드 볼 하나와 작은 빵 바구니 하나도 남겼다. 장미셸과 파브리스 커플은 식사라는 의식과 그들이 먹는 음식의 질을 매우 중요하게 여긴다. 점심과 저녁이면 어떤 음식을 먹건, 두 사람은 이 그릇들을 사용한다. 내가 보기에 이런 생활 방식은 (최소한의 그릇으로 식사를 의식처럼 거행한다는 면에서) 수도자들의 금욕적 생활과 흡사할 뿐만 아니라 반대로 쾌락을 중요시하는 측면도 있다. 이 쾌락주의 예술가 커플의 일상에서는 우연에 맡겨진 것은 하나도 없다. 이처럼 엄격하게 계산된 미니멀리스트 스타일을 보면, 사발 단 세 개(종파에 따라 다섯 개)만으로 살면서도 간소한 동시에 풍요로운 삶을 사는 선승들의 생활이 떠오른다.

치요와 장난감 같은 그릇

> 작은 일을 위해 최선의 노력을 다하다 보면
> 그런 세월이 쌓여 큰일을 이루게 된다.
>
> 사뮈엘 베케트, 프랑스의 소설가

낮은 밥상 위에 올라온 다양한 음식이 담긴 조그마한 접시들(올리브오일용 라미킨 하나, 체리 토마토와 동그랗게 썬 오이를 찍어 먹을 홈메이드 깨소금용 라미킨 하나, 약간의 매실주를 마실 작은 식전주 잔 하나). 치요가 끼니마다 항상 차려 먹던 상차림이다. 그녀의 말에 따르면, 훌륭한 식사라는 예술은 물건을 선택하는 것만으로 완성되는 것이 아니다. 물건을 사용하고, 거기에 생명을 불어넣고, 취향과 독창성을 발휘해서 그 물건을 담는 용기와 그 안의 내용물을 페어링하는 방식도 다 포함된다. 먼저, 애정을 가지고 맛있고 예쁜 요리를 하고 싶은 마음이 있어야 한다. 그런 다음, 이 음식들을 천천히 음미한다. 술 한 잔을 반주로 곁들이며 편안한 마음으로 여유 있게 식사를 즐긴다. 물론 이런 식의 식사를 준비할 때 통일감 있는 전체적인 상차림은 필요치 않다. 빵, 소스 등을 담을 다양한 크기와 깊이의 그릇들, '라곰 lagom('적당하고 알맞은'을 뜻하는 스웨덴어로, 소박하고 균형 있는 삶을 의미함 – 옮긴이)' 스타일의 너무 화려하지도 너무 저렴하지도 않은 적당한 그릇들을 소유하는 것이 핵심이다. 일본 전통 상차림에서는 지름 4~10센티미터 크기의 마메자라 여섯 개 세트가 필요하다. 오늘날 일본인들이 그렇게 하듯, 우리도 매일 먹는 상을 그릇 여섯 개로 충분히 차릴 수 있다.

1. 햄이나 소시지 같은 돼지 가공육, 훈제 연어 등을 담을 약 8센티미터 지름의 납작한 접시 하나
2. 옻그릇이나 도자기 소재로 만든 10센티미터 지름의 짙은 색 라미킨 하나(채소와 다양한 퓌레를 담는 용도로 사용한다.)
3. 샐러드, 요거트 등을 담을 지름 10센티미터 정도 되는 투명한 유리 볼 하나
4. 채소나 카레, 기타 조림 요리를 위한 (소스가 흐르지 않도록) 가장자리가 3~4센티미터 올라온 지름 12센티미터 크기의 투박한 도자기 접시 하나
5. 수프나 밥을 조금 담을 수 있는 지름 약 10센티미터 되는 작은 사발 하나
6. 한 끼 식사가 되는 수프나 일품요리를 담아 먹을 커다란 볼이나 면기 하나
7. 4~5센티미터 지름의 마메자라(일본어로는 '토리자라') 앞접시 한두 개(이런 접시에는 찍어 먹을 소스나 오이장아찌,

소시지 몇 점, 올리브, 전날 먹고 조금 남은 음식을 담을 수도 있고, 공용 접시에 담긴 음식을 개인이 덜어 먹을 때 앞접시로도 쓸 수 있다.)

이런 스타일이 나한테 맞는다는 느낌이 든다면, 다음에 골동품 가게나 벼룩시장에 가거나 여행을 갔을 때, 작은 도자기 그릇이나 장난감처럼 작은 그릇('지앙'에서 나오는 작은 그릇들), 타파스나 멕시코 소스를 담을 라미킨 등을 잘 찾아보기를 바란다. 이렇게 작은 그릇들은 사용하기 쉽다. 수납장에서 꺼내고, 손에 들고, 설거지하고, 물기를 닦고, 다시 정리해 넣기 쉽다. 아주 단순한 것이지만 덕분에 집밥을 해 먹고 싶은 마음도 생기고, 매일 요리하고 싶은 생각도 들게 된다.

그릇 보관하기

> 배가 난파되더라도 절대 잃어버리지 않을 것만 소유해야 한다.
>
> 알 가잘리. 12세기 페르시아의 철학자

완벽한 그릇장이라면 여러분이 가지고 있는 그릇을 전부 수납할 수 있어야 한다. 장의 크기는 상관없다. 심지어 주방 수납장 한쪽의 선반 하나만 그릇장으로 쓰는 경우라도 마찬가지다. 만약 여러분이 그릇을 간수하고 치우는 일(또는 들여오는 일)만 할 줄 안다면 여러분이 일상적으로 먹는 음식이나 여러분이 만들고 싶은 음식의 목록을 먼저 작성해 보라. 피자를 좋아한다면 큰 나무 접시가 필요할 것이다. 일품요리 수프를 좋아한다면 큰 볼이나 면기가 필요할 테다. 여러분이 식탁에서 먹는 것을 좋아하는지, 그냥 무릎 위에 놓고 먹는 것을 선호하는지, 아니면 낮은 밥상에서 먹는 것을 좋아하는지도 점검해 보라.

희소성을 가진 것이 아름다운 것보다 더 소중한 법이다. 그릇이 너무 많으면 건강에 해로운 기름이 주방 타일에 묻어 있는 것과 같다. 여러분이 가지고 있는 그릇을 어떻게 해야 할지 모르겠거든, 여러 단체에 기부하거나 그릇을 두 개씩 세트로 묶어서 필요한 친구나 새로운 공간을 꾸리는 지인에게 선물하면 좋다.

각자에 맞는 조리기구

각자에게 적합한 조리기구

> 대중은 세련된 것이 아니라 비싼 것을 좋아한다.
> 아름다운 것이 아니라, 유행하는 것을 좇는다.
>
> 오카쿠라 덴신《차 이야기》

여러분이 전부터 변함없이 좋아하는 조리기구가 있다면? 여러분이 애정하는 낡은 만능냄비만큼 쇠고기 스튜가 맛있게 조리되는 기구가 없다면? 그런 조리기구는 처분하지 말고 잘 간직하라. 우리에게는 마치 오래된 커플과 같은 조리기구가 있다. 그 조리기구에 관해서라면, 요리마다 적당한 불세기가 어느 정도인지, 손으로 잡는 방법과 조작하는 방법 등을 잘 꿰고 있다. 이런 조리기구들은 아무 스트레스도 주지 않을 뿐만 아니라, 시간이 흐르면서 부드럽게 길이 잘 들어 있다. 옛날 아시아 여성들은 전날 먹다 남은 밥은 당연히 낡은 대나무 찜기에 넣어 데워 먹었다. 이런 대나무 찜기에는 세월의 흔적이 깃든 멋진 황토색이 입혀져 있다. 소박한 물건이 하나 있을 때 그 물건에 대한 우리의 애정 역시 그 물건의 상품 가치만큼 중요하다. 따라서 앞서 언급했던 '기본이 되는' 조리기구 목록은 분명 누구에게나 적용되는 보편적인 것이라 할 수는 없다.

문화와 전통에 맞는 조리기구

익숙하게 사용하던 주방 도구도 많았다. 세상을 떠난 외할머니에게 물려받은 메이지 시대의 절구, 갓 지은 밥을 보온할 때 쓰는 노송나무 밥통, 처음 받은 아르바이트 월급으로 산 르크루제 무쇠 냄비, 교토의 젓가락 전문점에서 발견한 끝이 가느다랗고 긴 젓가락, 내 스무 살 생일에 유기농 레스토랑 점장이 선물해 준 이탈리아제 소형 조리용 칼, 입으면 편안했던 삼베 앞치마, 가지자갈절임을 만들 때 빼놓을 수 없는 굵은 자갈, 모리오카까지 가서 사 온 남부 철기 프라이팬…. 밥그릇도 토스터도 쿠킹 시트도 싹 다 사라졌다. 큰 가구는 적었지만 주방 도구만큼은 넉넉했다. 전부 내 요리 파트너였다. 매달 아르바이트로 번 돈을 쪼개서, 값은 조금 비싸더라도 오래 쓸 수 있는 것으로 사 모았다. 겨우 손에 익기 시작했는데.

오가와 이토 《달팽이 식당》

우리는 엄마와 할머니에게서 참 많은 것을 물려받는다. 취향만 그런 것이 아니라 우리가 쓰는 조리기구도 그렇다. 한 미국인 친구가 어머니 이야기를 들려준 적이 있다. 그녀의 어머니는 집안에서 혼자 열심히 일하셨는데, 평생 가지고 있던 무쇠 팬 하나가 있었다. 그 팬은 그동안 요리해 온 음식들로 멋들어지게 손때가 묻어 있었다. 그녀의 어머니는 이런 손때가 손상될까 걱정해서 절대로 딸들에게 그 팬을 씻지 못하게 했다. 하지만 친구가 독립하게 되자, 어머니가 당신의 팬과 똑같은 새 팬을 선물해 주셨다고 한다. 친구는 40년이 지난 오늘날에도 여전히 그 팬을 사용하고 있다. 우리는 흔히 우리 어머니들이 요리하는 모습을 어깨너머로 보면서 요리를 배운다. 어머니가 매일 사용하는 모습을 보았던 물건이 있다면, 우리도 가정을 꾸리게 되면 이와 똑같은 물건이 필요해지리라는 것을 알 수 있다. 따라서 어떤 사람들은 그들의 풍습에 맞는 특정한 조리기구들이 필요하다. 가령 일본식 퐁듀를 해 먹을 뚝배기 냄비, 모로코식 타진 스튜를 뭉근히 끓여낼 타진용 흙그릇, 중국 차 애호가들을 위

해 이싱(도자기로 유명함 – 옮긴이)에서 생산한 작은 찻주전
자와 같은 것 말이다.

고귀한 재료로 무장하라

> 장소에서 느껴지는 강렬한 시적 정취, 우아한 절제미, 전
> 체적인 간결함. 이곳에서는 모든 것이 조화롭고 단순하고
> 생생하고 고요하며 평온할 뿐이다.
>
> S. J. 수텔-구이프《다도, 네 가지 미덕으로 가는 길》

여기서 말하는 것은 진짜 무장하라는 것이 아니라 양식 있
음을 보여주자는 말이다. 철 소재로 만든 오래된 틀에는 버
터와 기름, 밀가루 칠이 잘 돼서 좋다. 면포 그리고 필요한
경우, 갈색 재생 종이도 좋다. 철, 무쇠, 스테인리스 스틸, 유
리, 면은 안전하면서도 재활용이 가능한 천연 재료다. 이런
재료는 시간이 지나도 튼튼하고 지구를 오염시키지 않으며,
우리 건강을 지켜준다. 덕분에 옛날처럼 안락하고 건강하
며 단순한 삶을 사는 듯 느껴진다. 오늘날 많은 젊은이가 동
경하는 삶이 바로 이런 모습 아닌가! 이런 재료들이 주방에
있으면 미관상으로도 좋다. 소재와 마찬가지로 모양 면에서
도 일종의 절제미가 느껴지기 때문이다. 바로 이런 철학을

통해 우리는 생활 양식의 균형을 회복한다. 주방에서 천연 소재의 중요성을 고집하는 것처럼 우리는 자기에게 진정으로 필요한 것이 무엇인지 깨닫고 즐거움을 누릴 수 있게 된다. 아름다움과 참됨으로 둘러싸이게 되는 것이다. 나무, 대나무, 철, 무쇠, 유리, 강철은 산과 바다, 들과 강이 우리에게 선물한 천연 재료이며, 팬 안에서 음식이 춤추고 노래하게 만드는 조리기구들의 재료다. 이 소재들은 충실한 하인처럼 결코 우리 곁을 떠나지 않으면서 세월이 지남에 따라 길이 들고 손때가 묻어 반들반들해진다. 우리는 저녁이 되면 사람과 컴퓨터, 소음과 혼잡으로 가득했던 하루에 치여 기진맥진한 상태로 퇴근한다. 그런데 이 조용한 동반자 조리기구들 덕분에 저녁에 뭐 해 먹을지 고민하는 일이 이제는 고역이 아니다. 이 조리기구들은 우리 삶을 심플하게 만드는 것을 넘어 우리 삶을 풍요롭게 한다.

물건 처분하는 법

살 때는 유용해 보였지만 막상 사용해보면 쓰기 어렵다는 사실을 알게 되는 물건들이 있다. 대개 기발한 주방용품, 가전 조리기구, 예쁜 리넨 테이블보 등이 그렇다. 리넨 테이블보는 얼룩을 빼고 다린 다음 정리해 넣어야 하는 번거로움이 있다. 그래서 한 번 사용한 다음에는 다시는 꺼내지 않게 되고 테이블 매트를 선호하게 된다.

여러분의 주방에서 필수적이지 않은 것, 거의 사용하지 않는 것(레몬 압착기, 뒤집개)이 눈에 띈다면, 상자 안에 넣어두라. 두세 달 지난 뒤에도 그 물건이 아직 상자 안에 있다면, 최종적으로 처분해 버린다. 옛날 일본인들은 단순미, 실용미, 기능미를 생활 양식의 주요 기준으로 삼았다. 달리 말하면 단순할수록 아름답다는 뜻이다.

친구 아키코는 그녀의 주방용품은 모두 조리대 아래에 있는 커다란 서랍 안에 다 들어가야 한다고 이야기한다. 그 이상은 가지고 싶지 않다고 한다. 그런데 특히 물건을 잘못 사는 경우, 죄책감을 느끼지 않았으면 좋겠다. 그런 실수를 한 번도 안 해본 사람이 어디 있겠는가? 쓰지 않는 용품이 있으면 먼저 눈에 보이지 않는 곳에 치우고, 그래도 찾지 않는다면 집 밖으로 치워버리도록 한다. 자꾸 눈에 띄면 죄책감이 들기 때문이다. 언젠가는 꼭 필요한 것만 있고 그 이상은 필요 없는 날이 온다. 골동품 가게나 고물가게에서 예쁜 식기류 코너를 둘러보고 싶은 마음도 없어질 것이다. 그 대신, 집에서 여러분이 사용하는 물건 하나하나를 남몰래 음미하면서 정말 더 필요한 것은 없다고 마음속으로 되새기게 될 것이다.

애정이 담긴 물건

로열 우스터 도자기 세트…. 그녀는 매일매일 이 도자기 세트를 사용하면서 차뿐만 아니라 그녀의 인격도 우려냈다. 그녀는 깊은 광택이 나는 적갈색 마호가니 식탁 위에 짙은 초록색 테이블 매트를 깔고 흰색 접시를 놓았다. 이렇게 차려 놓은 뒤, 손님이 방문하면 여름 푸딩을 대접했다. 아니면 그녀 혼자 막스 & 스펜서 키쉬를 먹었다. 그랬던 이 흰색 도자기 세트는 결국 우리 집 다이닝룸에 있는 그릇장에 보관되어 있다. 내가 만약 이 도자기를 내다 판다면, 그녀의 영혼 가운데 일부가 사라지는 셈이 된다. 그런데 나도 이 도자기에 정이 든 세월이 있는 만큼, 도자기가 사라지면 내 안에 깃들어 있던 그녀의 일부도 사라질 것이다.

수재나 워커 《물건의 수명》

다 버려버릴까? 심플함의 미덕은 단순히 없애버리는 것보다 훨씬 심오하다. 심플함은 물질에 대한 무관심을 바탕으로 해서는 안 된다. 너무 많이 골라내서는 안 된다. 무엇을 골라낼지 신중해야 한다. 어떤 물건을 특별한 존재로 만드는 것은 그 물건 자체가 아니라 그 물건이 불러일으키는 추억이다. 자신의 어머니가 한평생 쓰셨던 낡은 수저를 자신의 최애 숟가락으로 삼는 사람들도 있다. 내 친구 중에도 어머니의 손때 묻은 '다진 간 요리용 나무 볼'을 좋아한 친구가 있다. 그녀의 어머니는 이 나무 볼을 원래 용도대로 파테를 만들 때 종종 사용하기도 했지만, 평상시에는 샐러드 볼로 썼다고 한다. 그런데 어머니가 이 나무 볼을 딸에게 물려줄 생각을 하지 않자, 그녀는 스스로 자기 것을 하나 샀다. 그녀가 보기에 샐러드에 안성맞춤인 것 같았기 때문이다. 이렇듯 우리에게 추억을 떠올리게 하는 물건들은 모두 없애야 하는 처분 대상이 아니다. 가장 부피가 적은 것으로 몇 개만 남겨두도록 하라. 이렇게 남겨진 것들은 우리와 함께 더욱 강렬하게 살아가게 될 것이다. 이 밖에도 우리가 사랑하는 이유를 설명할 수는 없지만 우리를 편안하게 만들어주는 물건들도 있다.

무조건 버리지 않기

> 내 어머니가 돌아가시는 순간, 어머니의 불행은 집의 상태로 견고하게 형상화되었다. 조지아 시골집은 예전에는 얼룩 하나 없이 인형의 집처럼 깔끔하고 반듯했다. 하지만 이제는 종이와 쓰레기 더미 속에서 썩어가고 있다.
>
> 수재나 워커《물건의 수명》

조리기구 세트에 대해 다시 생각해 보는 것은 음식 섭취 방법을 다시 생각해 보는 것과 같다. 먹는 음식과 방식을 다시 검토한다고 해서 자신의 과거와 문화, 집안 전통을 전면 부인하는 것은 아니다. 나의 조리기구들을 사랑하고 아끼면 그들은 우리 삶의 증인이 된다. 수재나 워커가 이야기하듯 작은 3단 서랍장을 테이블 매트, 냅킨, 선조들의 이니셜이 새겨진 냅킨꽂이로 가득 채우는 것을 어떤 사람들은 고인들에 대한 강한 추억을 저버리는 행위로 여긴다. 우리를 구성하는 것 가운데 일부는 우리가 가지고 있는 물건들이다. 우리 머릿속에서는 우리가 소유하는 것과 우리의 모습 사이의 경계가 매우 희미해지는 경우가 간혹 있다.

우리는 소유물을 통해 우리를 표현한다. 소유물 역시 우리가 누구인지를 표현한다. 이런 물건들은 마치 기억이 깃든 것처럼 보인다. 대대적으로 물건들을 분류해 보면 물건 하나하나마다 역사가 있고, 인격이 있으며, 존재의 가치가 있음을 알게 된다. 또한 물건들의 재료와 디자인을 보면 우리의 취향과 소비 방식이 드러난다(오늘날에는 점점 많은 물건에 사회적 의미가 담겨 있다). "우리에게는 우리 삶을 아름답게 하는 물건들도 필요하다. 그 물건들은 우리의 웰빙과 건강에 일조한다." 뉴욕에 자신만의 콘셉트 매장을 연 미국의 예술 감독 알렉스 이글의 설명이다. 하지만 이 물건들에 너무 집착하지 말고, 너무 많이 소유하지 않도록 경계

하자. 소유는 고통으로 이어지는 법이며, 무소유로 느낄 수 있는 것은 커다란 풍요로움이라는 사실을 기억하자.

원팬 요리 활용법

나: 넌 팬이 몇 개나 있어?

친구: 유리 팬은 두 개. 하나는 당일용, 다른 하나는 다음 날용이야. 네모난 팬 두 개는 찹쌀 고기완자용이고, 테팔 팬 한 개는 오믈렛용으로 써. 그리고 찌그러졌어도 여전히 아끼는 지름 20센티미터짜리 낡은 팬 한 개랑 거의 쓰지 않는 커다란 웍 한 개(1인분 음식을 준비하기에는 너무 크다)도 있지.

혼자 사는 일본인 친구와의 대화

원팬 요리란 단 하나의 조리기구로 모든 요리를 할 수 있다는 개념이다. 물론 이런 개념은 너무 극단적이라서 거의 실용적이지 않지만 우리가 일반적으로 다용도로 사용할 수 있는 조리기구를 충분히 활용하지 않고 있다는 이야기다. 이름에서도 알 수 있듯, 만능냄비는 모든 요리가 가능한 냄비다. 만능냄비를 사용해서 빵을 반죽하고 양상추를 물에 담그는 용으로도 쓰면 어떨까? 전통 조리기구 및 요리법 전문가

시바니 미야모토는 요리할 때 필요한 것은 거의 없다고 다시
한번 강조한다. 옛날에는 사람들이 가난했기 때문에 조리기
구를 거의 소유하지 않았다. 그런데 바로 그 때문에 온갖 조
리법이 발명되었다. 그들은 요리법에 따라 조리기구를 선택
하는 게 아니라, 조리기구에 따라 요리법을 선택했다. 오늘
날, 유명 브랜드에서는 마케팅 기법으로 해당 팬이나 냄비로
할 수 있는 모든 유형의 조리법과 요리법을 설명한 책자를
제공한다(모든 조리가 가능한 경우, 튀김, 구이, 볶음, 스튜,
오븐용으로 사용이 다 가능하다). 따라서 수많은 조리기구에
시달리지 않는 비법은 우리가 이미 가지고 있는 기구를 사용
하고, 가능한 한 다용도 조리기구를 선택하는 것이다.

조리기구 선택하는 법

> 진부한 것을 주의 깊게 살펴보라. 기념비적인 것을 발견할
> 수도 있다. 어떤 물건이건 거의 모든 물건에서 공학의 신
> 비가 드러난다. 물건을 들여다보면 공학이 예술, 비즈니스
> 그리고 우리 문화의 다른 모든 측면과 어떤 관계가 있는지
> 그 베일을 벗길 수 있다.
>
> 헨리 페트로스키《연필》

교토의 유서 깊은 다와라야 료칸의 객실 인테리어에는 두 가지 원칙이 적용되어 있다. 첫째, 방 안의 물건이나 요소 가운데 어느 것도 튀어서는 안 된다. 둘째, 정이 들었다고 오래된 물건을 추앙해서는 안 된다. 적합한 새것이 있으면 사용해야 한다. 우리도 바로 이런 원칙에 따라 조리기구를 선택해서 사용하면 된다.

2부

냉장고는 채우기보다 비우기

장보기 기술

집밥의 시작은 장보기

> 일요일 아침마다 장을 보고 주중에 몇 시간을 들여 건강한
> 음식을 요리해 먹는 것이 제일 이상적이야. 하지만 많은
> 여성이 그럴 시간이 없다며 반발하지. 프랑스 사회는 시간
> 이 없다는 핑계로 건강을 포기하고 있어.
>
> 에마뉘엘, 혼자 사는 친구

하루 두 끼를 먹는다고 치면, 과연 우리는 한평생 몇 끼를
먹는 걸까? 일생을 20세에서 90세까지로 본다면 약 5만 번
이라는 계산이 나온다. 그렇다면 우리는 살면서 5만 번이나
뭘 먹을지 고민하는 셈이다. 장보기는 어떤 사람들에게는
즐거움일 수 있지만, 어떤 사람들에게는 복잡하고 짜증스러

운 일, 한마디로 고역일 수 있다. 무엇을 사야 할지, 무엇을 해 먹을지 고민하면서 말이다.

식료품을 선택하는 것부터 만만치 않은 일인데, 집에 가면 또 다른 도전이 우리를 기다린다. 포장을 뜯고, 냉장고나 수납장에 넣고, 포장지를 버리는 등의 작업을 해야 한다. 여기에 더해 냉장고 안에 남아 있는 식자재 중에서 아직 먹을 수 있는 것과 그렇지 않은 것을 확인해야 하는 것도 큰 스트레스다. 그래서 냉동고를 냉동식품과 가공식품으로 채우거나 그냥 음식을 배달해 먹고 싶은 마음이 굴뚝 같아진다! 하지만 신선식품 장보기를 제대로 하고 유통 기한이 긴 식량은 소량만 비축하도록 정리해 두는 것은 그렇게 시간을 많이 잡아먹거나 힘든 일이 아니다. 이는 어디까지나 상식과 시간의 문제다.

이틀에 한 번꼴로 장을 보지 않더라도 간단한 집밥을 따끈하게 해 먹을 재료는 늘 구비해 놓을 수 있다. 조금만 정리하고 계획하면 매일 같이 집에서 밥을 먹을 수 있다. 2주에 한 번씩만(더 나아가 한 달에 한 번만) '대대적' 장보기를 하고, 일주일에 한 번만 '소규모' 장보기를 하면 된다. 매주 과일과 채소 한 바구니씩(혼자 살면 반 바구니로도 충분하다) 집으로 배달하도록 정기 배송을 신청하면, 소규모 장보기 때에는 단백질(육류, 어류, 신선한 유제품)만 사면 된다.

가공식품들이여, 모두 안녕

> 뻐꾸기가 노래하네
> 내 작은 바구니 속
> 가지 두세 개를.

다카라이 기카쿠, 17세기 일본의 시인

우리가 요리를 점점 하지 않는 이유는 다양하지만, 주된 이유는 두 가지다. 수납장이 비어 있거나, 반대로 수납장 속에 건강하지 않은 가공식품과 즉석식품이 가득하기 때문이다. 하지만 잘 알려져 있듯, 이런 식품들은 몸에도 나쁘지만, 정신 건강에도 해롭다. 될 대로 되라고 생각하게 만들고, 게으름을 부추기며, 건강에 무관심해지게 만든다. 게다가 우리는 냉동식품과 가공식품이 신선식품보다 저렴하다고 (잘못) 생각하고 있다. 하지만 이런 식품으로는 진정한 즐거움을 느낄 수 없다는 사실도 잘 알고 있다. 우리는 이런 음식을 많이 섭취하지만 미각적으로 충족감을 얻지 못한다. 이제부터 집밥 요리의 즐거움을 만끽하고 싶다면, 가장 먼저 해야 할 일은 여러분의 팬트리에 있는 가공식품, 먹음직스럽지 않거나 유통 기한이 지난 식품을 모두 비우는 것이다. 그런 다음, (화학 첨가물 없는) 질 좋고 신선한 식품으로 다시 채운다. 낭비라고? 오히려 그 반대다. 진짜 낭비는 자기 몸에 올바른 먹거리를 제공하지 않고, 잘 먹는 즐거움을 누리지 않는 것이다. 집밥은 만족감을 주지만, 공장 밥은 그렇지 않다.

식품 분류하기

> 옛날에는 식품 포장지가 없었다. 용기 역시 없었다. 브랜드도 없었다.
>
> 헨리 페트로스키 《연필》

먼저 가지고 있는 식품을 전부 꺼내서 가공된 것은 모두 버린다. 한 단계씩 분류할 때마다 다시는 이런 유형의 식품을 사지 않겠다고 다짐한다. 여러분은 가공식품을 끊는 것이 간단하고 보람된 일이며, 집밥을 하면 남는 음식이 없다는 사실을 알게 될 것이다. 만약 남더라도 다음 날 먹는 즐거움도 크다. 반면 배달시킨 피자의 경우, 남은 피자는 대개 그날 저녁 쓰레기통으로 들어간다. 그렇다면 식품을 분류할 때 무엇을 남겨두어야 할까? 라벨이 없거나 가공하지 않은 상태의 식품(곡물, 식초, 기름)만 남기면 된다. 단, 아직 먹을 수 있는 것들은 버리지 말고, 단체에 기부하라. 그런 다음, 장 볼 목록을 작성한 뒤, '진짜' 식료품을 사러 장보기에 나서보자.

팬트리 파먹기의 재발견

'팬트리 파먹기'는 일종의 기술이다. 말하자면 매일 써먹을 수 있는 요리 기술이다. 당장 수중에 있는 재료 몇 개만으로 맛있는 요리를 뚝딱 만들어낼 수 있으니 말이다.

일정이 빡빡하거나 가게 문이 닫혔을 경우, 걱정하지 마시라. 저장 강박증이 없어도 기본 식료품을 보관할 작은 창고를 얼마든지 마련할 수 있다. 이렇게 비축한 식자재 덕분에 여러분은 냉장고가 거의 텅 비어 있어도 스트레스받지 않고 요리 하나를 뚝딱 만들어낼 수 있다. 필수적인 식품 몇 개만으로도 마음의 평화를 유지할 수 있게 된다. 앞으로 제안하는 식료품과 식단 아이디어는 프랑스 실정에 바탕을 둔 것들이다. 하지만 어느 나라, 어느 문화권에도 이에 대응하는 것들이 존재한다. 따라서 여러분의 상황에 맞게 고르고, 목록을 작성하고, 아이디어를 기록하는 일은 여러분 각자의 몫이다.

구별해야 하는 장보기

> 집에 채소가 너무 많으면 스트레스야.
>
> 다카코, 혼자 사는 친구

친구가 했던 이 말이 몇 번이나 떠올랐는지 모른다. 작은 파프리카 한 봉지를 샀는데 아직 여덟 개가 남아 있는 것을 보며 이걸로 무엇을 만들지 고민하면서 말이다. 장 보러 갈 때 첫 번째 주의해야 할 것은 '똑똑한' 장보기를 하는 것이다. 다시 말해 맛있고 건강하고 신선한 먹거리를 살 때, 너무 넘치지도 너무 모자라지도 않게 딱 알맞은 양만큼 사야 한다. 고역과 같은 장보기를 단순화하려면, 두 가지 단계로 나누어야 한다. 상하지 않아서 장기간 보관이 가능한 식량을 구입하는 단계와 신선식품이나 반신선식품을 구입하는 단계로 말이다. 이상적인 방법은 장기간 보관하는 식품 목록 가운데 필수품들을 갖추어 놓은 다음, 철 따라 마음이 동하는 대로 신선식품을 고르는 것이다.

보존 식품 저장법

정기적으로 확인해서 새로 바꾸어준다면, 장기 보존 식품은 많은 양을 보관해 둘 필요가 없다. 허허벌판에서 살거나 텃밭이 있는 경우가 아니라면 6개월 치 파스타나 티백을 보관할 필요는 없다. 수납장에 자리만 차지할 뿐이다. 너무 많이 보관하고 있으면 식사 준비를 시작하려 할 때 혼란을 가중할 수 있다. 이들 식료품이 선반이나 냉장고 안쪽 깊숙이 숨

겨져 있으면 거기 있다는 사실을 그만 잊어버리게 된다. 이 뿐만 아니라, 아무리 '장기간 보존용' 식품이라 해도 몇 달이 지나면 맛이 없어지기 마련이다. 결국 어느 정도 시간이 지나면 새로 바꾸고 싶은 마음이 들 수 있다. 과연 파스타를 4킬로그램이나 미리 준비해 둘 필요가 있을까? 여러분이 좋아하고 꾸준히 소비하는 식료품 목록을 차분히 만들어보는 시간을 가지도록 하라. 이렇게 한번 목록을 만들어두면 몇 년간 유효할 것이다.

기본 식자재 목록

밀가루, 식용유, 소금.

빌 포터 《천국으로 가는 길》

매일 요리하는 사람들은 거의 항상 같은 재료를 쓴다(연구에 따르면 그 수가 서른 가지 정도 된다고 한다). 반면 그렇지 않은 사람들은 자신의 '기본 식자재'가 무엇인지 정확히 알지 못한다. 집에 항상 식자재가 있으려면 먼저 자기가 좋아하는 음식이 무엇인지, 어떤 유형의 음식(베트남 요리, 모로코 요리, 이탈리아 요리, 키토제닉 요리, 채식 요리)을 준비하려는지 알아야 한다. 이러한 기호에 따라 기본 식자재 목록을 만들면 된다(콩류, 조미료, 통조림, 건조식품, 양념 등). 이렇게 구비해 둔 식자재를 다양한 요리법으로 요리해 먹으면, 낭비할 가능성도 적고 늘 같은 것만 먹는 것 같은 느낌도 들지 않게 될 것이다. 단, 주의할 것이 있다. 하루는 이탈리아식으로 먹고, 다음 날은 일본식, 또 그다음 날은 인도식으로 해 먹으려 하면, 다용도로 사용할 수 없는 식자재 재고가 너무 많이 쌓이게 된다. 그러다 보면 여러분의 요리하는 삶은 더 복잡해지기만 할 뿐이다. 그러니 일상적으로 해 먹는 요리에 필요한 식자재만 한정해서 준비해 두도록 하라. 다른 음식들은 레스토랑에서 가끔 즐기면 된다.

신선식품 구매 요령

신선식품은 단기간 보관할 수 있는 것과 일주일 정도 보관 가능한 것, 이렇게 두 가지 유형으로 나누어 구입하도록 한다. 이렇게 하면 시간 여유가 없는 사람들은 일주일에 한 번만 장을 보면 된다. 단기간에 소비해야 하는 식자재는 기후와 계절에 따라 구입해야 한다. 생선은 신선할수록 좋다. 고기는 며칠 두고 먹어도 된다. 따라서 단백질이건, 채소건, 과일이건, 오래 보관할 수 없는 식자재부터 먼저 먹도록 유의하기를 바란다. 그다음에는 소비 기한이 중간 정도 되는 식자재 차례다. 훈제 소시지, 햄, 치즈, 몇몇 채소, 발효 식품 등이 여기에 해당한다. 물론 보관 방법에 따라 신선도가 다소 길어질 수는 있다. 하지만 일반적으로 혼자 혹은 둘이서만 사는 경우, 신선식품을 다량으로 사거나 크기가 큰 채소를 사는 것은 지양하도록 한다. 커다란 양상추는 아무리 둘이 먹는다고 해도 너무 과하다. 그보다는 양상추 속잎이나 어린 잎채소 등을 사 먹도록 한다. 양배추나 단호박도 마찬가지다. 반으로 잘라놓은 것이나 작은 크기로 구입한다.

다양하게 활용할 수 있는 재료

> 베르미첼리 수프: 물, 소금, 쫄깃하고 가는 베르미첼리 국수, 힘차게 휘저은 달걀흰자, 사발에는 달걀노른자.
>
> 나탈리 조르주《6층 집 부엌 이야기》

나탈리 조르주는 《6층 집 부엌 이야기》에서 경제적 어려움 끝에 부르주아의 삶을 살다가 하녀 방에서 사는 처지가 되었지만, 그래도 그곳에서 훌륭하고 제대로 된 집밥을 해 먹고 사는 이야기를 들려준다. 그녀를 보면, 신선식품 몇 개와 약간의 건조식품이나 보존 식품만 집에 구비되어 있으면 얼마든지 집밥이 가능하다는 것을 다시금 깨닫게 된다. 증거는 그녀가 만든 파리 스타일의 수프다. 그녀에 따르면, 이 수프는 따로 장볼 필요도 없는 요리라고 한다. 달걀 하나와 베르미첼리 국수 약간만 있으면 된다. 달걀은 원래 6개월간 보관 가능하고, 베르미첼리 국수는 몇 년이고 보관할 수 있다. 양배추 잎 한 장을 얇게 채 썰고, 참치 통조림 한 개와 약간의 식초와 겨자, 완숙 달걀 한 개만 있으면 몇 분 만에 훌륭하고 완벽한 샐러드 한 접시를 뚝딱 만들어낼 수 있다. 브로콜리 한 송이를 찌고 정어리 통조림 한 개와 스파게티 한 줌만 더해도 마찬가지로 멋진 샐러드가 완성된다. 다양하게 활용 가능한 식자재란, 실제로 전 세계 모든 요리에 사용되는 식자재를 말한다. 이런 식자재는 매일 질리지 않고 준비할 수 있고, 대부분 여러분의 입맛에 맞는 조미료나 양념과도 잘 어울린다.

• 걸쭉한 요리를 위한 전분질 식품(강낭콩, 파스타, 전병, 토르티야, 난, 빵, 감자, 쌀 등)
• 요리에 지방을 첨가하기 위한 올리브오일 혹은 버터
• 향을 가미하기 위한 양파와 마늘
• 수프용 토마토 통조림과 우유나 생크림
• 풍미를 올리고 샐러드에 첨가할 멸치 통조림 또는 튜브형 멸치, 토마토 퓌레, 파르메산 치즈, 뻑뻑한 생크림, 아보카도
• 채소에 곁들일 소시지 몇 개, 달걀, 베이컨, 참치 통조림

- 약간의 산도를 추가할 신선한 토마토, 레몬, 식초
- 각자 좋아하는 요리에 맞는 양념과 허브

물론 이들 식자재를 모두 비축해 둘 필요는 없다. 두세 가지 재료를 준비해 두면 충분하다. 키토제닉 식단을 한다면 파스타나 쌀을 비축해 둘 필요가 없다. 채식 식단을 한다면 더 다양한 콩류를 준비해야 한다. 쌀이 주식이라면 쌀이 떨어지지 않도록 몇 킬로그램을 비축해야 한다. 우리의 목표는 한 달 정도 집밥을 해 먹을 충분한 식량을 갖추는 것이다. 절대 그 이상의 기간은 안 된다. 그렇게 해서 어느 일요일 저녁, 집에 먹을 것이 똑 떨어지는 일이 없게 만드는 것이다.

혼자 사는 사람들의 장보기

혼자 사는 사람들 가운데 요리하지 않는 사람들이 많은 이유는 상점에서 파는 식품의 포장 단위가 너무 크기 때문이다. 그렇다 보니 해 먹고 남은 음식물을 어떻게 해야 할지 난감해진다. 해법은 무엇일까? 퀴노아, 야생 쌀, 조, 살구, 건조 크랜베리, 밀가루, 오트밀 등은 포장되어 나온 제품이 아니라 필요한 양만큼 덜어서 사도록 한다. 그러면 메뉴도 다양해진다. 고기, 생선, 유제품의 경우, 결국 가장 경제적인 소비 방법은 미리 포장되지 않은 식품을 낱개로 사는 것이다. 일반적으로 대량 구매가 더 저렴하긴 하지만, 항상 다 먹지 못하고 남아서 결국에는 퇴비나 쓰레기 신세가 된다. 절약한 줄 알았던 돈이 금세 낭비되고 마는 것이다.

이상적인 장보기 순서

집에 기본 재료가 있고, 늘 가는 곳에서 꾸준히 장을 본다면, 일주일분 장을 보는 데는 거의 시간이 걸리지 않는다. 상점 어디에 무엇이 있는지 잘 알고, 상인들도 잘 알기 때문이다. 20분이면 충분하다. 먼저, 정육과 수산 코너로 간 다음, 가공육 코너, 채소와 과일 코너로 간다(이 순서로 하면 먼저 구입한 단백질 식품과 함께 먹기 좋은 채소를 쉽게 고를 수 있다). 마지막으로 유제품과 빵을 사면 끝이다.

요리하는 습관이 들면, 재료는 자연스럽게 고르게 된다. 단골 상점이 있어서 상인과 친해지면, 제일 좋은 물건을 추천해 주고, 이런저런 요리법도 알려주고, 어떤 채소가 어떤 고기와 어울리는지도 조언해 준다. 이렇게 되면 장보기 목록에 없었던 수많은 상품을 충동 구매하는 일이 비일비재한 슈퍼마켓에서 더는 시간을 낭비하지 않게 된다.

잊지 말아야 할 한 가지

> 공장과 실험실이 가정집 주방을 대체했다. 금방 먹을 수
> 있는 규격화된 가공 반조리식품이 점차 신토불이 식품을
> 몰아내고 있다.
>
> 알랭 르메노렐, 사회학자

신선한 지역 생산물을 소비하는 것은 최초이자 유일한 정치
행위다. 이는 소비 사회가 초래한 재앙에 대처할 수 있는 가
장 효과적이고 유일한 방법이다. 농장에서 키운 최상급 닭
고기를 먹더라도 집에서 먹는 것이 맥줏집에서 먹는 것보다
비용이 적게 든다. 인류의 도덕과 행복을 희생해 가면서 과
잉된 풍요와 이윤을 추구하는 행태에 제동을 걸려면 우리가
먹고 사는 방법을 올바르게 선택해야 한다. 재택근무의 증
가와 슬로우 쿠킹의 인기는 요리를 배울 기회가 없었던 사
람들에게 새로운 기회가 될 것이다.

식료품 보관 노하우

알아두면 좋은 보관법

> 음식을 대할 때는 마치 임금의 수라상에 오르는 것처럼 경
> 건하게 대하라. 익힌 것이건, 날 것이건, 모든 음식물을 같
> 은 시각으로 보도록 하라.
>
> 도겐《선 요리사를 위한 지침서》

당연한 말이지만 꾸준히 집밥을 해 먹으려면 자기가 먹을
식자재를 올바르게 보관할 줄 아는 것이 필수다. 우선 제대
로 보관해 두면 무엇이 남아 있는지 알 수 있어서 쓸데없는
낭비를 막을 수 있다. 또한 식료품을 방치해서 버리는 일이
없어서 경제적으로도 이득이다. 하지만 무엇보다도 (실용적
이고 명확하게) 잘 보관해 두었을 때 가장 유익한 점은 요리

하고 싶은 마음이 생긴다는 것이다.

식료품을 보관하는 방법은 네 가지로 구분할 수 있다.

- 장기간 보존 가능한 건조식품
- 냉장 보관이 필요 없는 신선식품
- 냉장 보관해야 하는 식품
- 냉동 보관해야 하는 식품

오래 보관할 수 있는 식품

눈 내리는 아침

나 홀로 씹고 있는

마른 연어 한 조각.

마쓰오 바쇼

건조식품을 보관하는 데에는 공간도 많이 필요 없고 특별한 지식도 크게 필요하지 않다. 작은 가구(또는 벽에 선반 두 개)만 있으면 충분히 (밀가루, 곡물, 설탕, 굵은 소금, 씨앗, 말린 버섯, 말린 과일 등을 담은) 유리병을 정리할 수 있다. 기름과 소금은 따로 정리하지 않고 조리대 위에 두고 사용해도 된다. 향신료는 작은 바구니 안에 정리한다. 개인적으로 나는 네스카페 커피병을 재활용해서 잘 사용한다. 병 모양이 네모로 각져 있어서 자리를 많이 차지하지 않는 데다, 뚜껑도 완벽하게 밀폐되어서 좋다. 만약 보관할 식자재가 이런 보관 용기에 넣고도 남거나, 주방에 수납할 곳이 많지 않다면, 남은 것은 주방 말고 다른 곳에 보관하라. 용기가 비워지면 다시 채우는 식으로 하면 된다. 주방에 정말로 공간이 충분치 않다면, 거실에 선반 하나를 마련해서 장식 요소 삼아 그 위에 씨앗과 밀가루 병을 올려둔다. 물론 식자재를 빛에 노출해서는 안 된다고 반박할 사람들도 있을 것이다.

작은 공간에 산다면 혼자 아니면 단둘이서만 사는 것일 테니, 보존 식품을 대량으로 비축해 둘 필요가 없다.

바닥나서는 안 되는 식료품

팬트리 안에는 최소한 다음과 같은 식료품은 항상 있어야 한다. 파스타, 쌀, 말린 콩류, 통조림(비싸지도 않고 제철이 아닌 신선식품을 대체하기에 좋아서 매우 실용적이다), 다양한 조미료(식물성 기름, 식초, 향신료, 양념) 등은 떨어지면 안 된다.

• 탄수화물 식품: 파스타, 쌀, 굵은 밀가루, 불구르 밀, 밀가루

- 말린 콩류: 병아리콩, 렌즈콩, 팥, 검정 또는 흰 강낭콩
- 단백질 식품과 채소 통조림 또는 병조림(참치, 고등어, 정어리, 버섯)
- 고급 식료품 한두 개(아티초크 절임, 거위 간): 이런 식자재를 곁들이면 소박했던 밥상이 그 즉시 부담스럽지는 않지만 화려하고 세련된 한 상으로 탈바꿈한다. 갑자기 손님이 찾아왔을 때, 집에 이런 식자재가 한두 개 있으면 늘 든든하다. 이런 식료품은 선물로 주고받기에 좋은 최고의 아이템 중 하나다.

이색 요리에 필요한 식자재

팬트리 파먹기를 할 때 별미 요리를 하지 말라는 법은 없다. 얼마 안 되는 재료로 요리하는 것이 여러분의 생활신조가 되었다면, 수납장은 테마에 따라 정리하라! 중동 요리에는 필유 드 브릭, 병아리콩, 말린 과일(건포도, 살구, 자두, 대추야자), 향신료인 라스 엘 하누트, 올리브, 중동식 고추장, 아몬드, 고추, 육두구 껍질, 민트, 고수를 빼놓고 이야기할 수 없다. 지중해식 요리에는 타프나드, 페스토, 말린 토마토, 케이퍼, 잣, 올리브오일, 오레가노 등 대표적인 식자재로 힘을 주면 된다. 아시아풍 요리에 없어서는 안 될 재료는 코코아

밀크, 코코아 분말, 참깨, 생강, 와사비, 초밥용 쌀, 쌀 식초, 간장 등이다. 카리브해풍 요리를 즐겨한다면, 쌀, 팥, 계피, 카레, 강황, 럼주 등을 장만해 두라.

반드시 있어야 할 재료

최소한 밀가루, 설탕, 고형 육수(내가 사용하는 몇 안 되는 가공식품 중 하나다. 유기농 매장에서도 살 수 있다), 겨자, 소금, 후추, 두세 종류의 기름, 식초, 양파, 마늘, 다양한 양념과 향신료는 있어야 한다. 특히, 양념과 향신료는 요리할 때 든든한 지원군이다. 덕분에 요리의 풍미를 북돋게 할 수 있다.

- 조미료: 소금, 케이퍼, 고추, 겨자, 피클, 서양 고추냉이
- 향신료: 카다멈, 쿠민, 강황, 핑크 페퍼, 말린 고추, 오색 후추, 중국의 다섯 가지 향신료, 콜롬보, 카레, 가람 마살라, 육두구, 파프리카, 쓰촨 후추, 라스 엘 하누트, 정향
- 향료: 팔각, 계피, 주니퍼베리, 생강
- 허브: 파슬리, 차이브, 생강, 딜, 바질, 레몬그라스, 고수, 타라곤, 월계수 잎, 오레가노, 타임, 세이지, 민트, 로즈메리

신선식품 보관법

주방에 물건이 적을수록 사람이 갈피를 잡을 수 있는 법
이야. 옷장이랑 똑같아(옷이 너무 많으면 뭘 입어야 할지
모르잖아). 냉장고 안에 음식물이 너무 많거나 조리도구
가 너무 많으면 정신을 못 차리게 돼. 더는 무엇을 골라야
할지 알 수 없게 되지. 하지만 가진 게 별로 없으면 '저걸
로 이걸 요리해야지'라고 생각하게 돼. 나는 냉장고 안에
달걀과 애호박이 있으면 당장 호박 오믈렛을 만들 생각을
해. 달리 생각할 필요도 없지. 바로 이것이 비결이야. 중요
한 것은 냉장고나 주방 수납장을 가득 채워서 복잡하게 만
들지 않아야 한다는 거야.

플로랑스, 친구

주의할 점이 있다. 신선식품이라고 다 같은 장소에 보관해
서는 안 된다. 냉장고에 넣어야 하는 것이 있는가 하면 그렇
지 않은 것도 있다. 빛이 드는 장소에 보관해야 하는 것도
있고 어두운 곳에 보관해야 하는 것도 있다. 감자, 비트, 순
무, 당근, 파스닙, 뿌리 셀러리, 양파는 빛이 없는 서늘하고
건조한 곳에서 보관해야 한다. 작은 상자에 담아 수납장 아
래쪽에 두면 좋다. 샬롯, 마늘, 레몬은 작은 바구니나 대나무
찜기 안에 넣어 공중에 매달아둔다(이렇게 하면 완벽하게

통풍된다). 이때, 양파와 감자가 서로 닿지 않도록 조심해야 한다. 이 둘은 닿으면 서로 빨리 상하게 만드는 성질이 있다. 제일 무른 식자재(토마토, 멜론, 호박, 과일)는 대체로 냉장고를 좋아하지 않고, 냉장 보관하면 맛이 떨어진다(자른 다음에는 껍질의 보호를 받지 못하기 때문에 냉장하는 것이 좋다). 따라서 일반적으로 채소는 처음에는 냉장을 피하고, 자른 다음에 냉장 보관하도록 한다. 채소는 먹기 직전 마지막 순간에 자르는 것이 좋다. 셀러리나 당근을 미리 잘라두면 편하긴 하지만, 그렇게 하면 건조해진다. 최악의 경우, 잘라둔 조각을 젖은 리넨으로 감싸서 밀폐 용기에 담아 냉장고에 넣는다.

냉장 보관법

> 어느 날, 한 친구가 말했다. "냉장고 청소를 했더니 이제 내 진로를 바꿀 수 있을 것 같아."
>
> 그레첸 루빈《나는 오늘부터 달라지기로 결심했다》

냉장 보관이 필요한 식자재는 그리 많지 않다. 상점에서 어떤 것들이 냉장 보관되어 있는지 보면 알 수 있다. 심지어 달걀도, 채소도 대부분 냉장할 필요가 없다. 물론 슈퍼마켓은 늘 냉난방으로 적정 온도를 유지하지만, 폭염 기간에 일반 가정에서는 그렇게 할 수 없는 것이 현실이다. 하지만 냉장고에 항상 보관해야 하는 식자재는 대체로 몇 개밖에 안 된다. 유제품, 잘 무르는 채소, 고기, 생선, 요리하고 남은 음식 등이다. 식품을 냉장 보관할 때는 파이렉스 유리로 된 뚜껑이 달린 라미킨이 매우 편리하다. 작은 샐러드 볼이나 1인용 그라탱 라미킨으로도 사용할 수 있다(늘 그렇듯, 뭐니 뭐니 해도 다용도가 최고다!). 금속 뚜껑이 달린 과일주스 병을 재활용해서 안에 생수를 담으면 냉장고에 보관하기에 딱 좋다. 아니면 먹다 남은 수프나 볼로네제 소스를 담아 냉장 보관해도 좋다(나중에 다시 먹을 때 병째로 중탕해서 데우면 된다). 잎채소(양상추, 마타리 상추, 민들레)의 경우, 세척한 후에 젖은 상태로 행주나 천 가방 안에 넣어 냉장고 아래쪽에 보관한다. 뿌리채소(당근, 순무)를 냉장고에 보관하고 싶으면 잎은 잘라내도록 한다. 잎에서 수분을 빨아올려 뿌리가 마르기 때문이다.

채소 보관용 용기

이슬로 인해
진흙 얼룩진

싱싱해 보이는 멜론.

마쓰오 바쇼

내가 선호하는 냉장 보관용 용기는 뚜껑이 달린 법랑 밀폐
용기 세트다. 다양한 크기의 용기들을 마치 러시아 인형처
럼 각각 안에 포개어 넣을 수 있어서 좋다. 뭐 이런 사소한
것까지 따지냐고 할 수도 있겠지만, 훌륭한 밀폐 용기가 있
으면 삶이 편한 법이다! 구두 상자만 한 제일 큰 용기에 무
른 채소나 잎채소(가지, 버섯, 오이, 시금치)를 보관하면 믿
을 수 없을 정도로 오래 보관하는 것이 가능하다. 나는 이
채소들이 아삭한 상태를 유지하도록 세척한 다음, 밀폐 용
기에 넣고, 아직 젖은 상태일 때 고운 리넨으로 덮어준다. 그
러면 일종의 온실 효과처럼 수분이 갇혀서 완벽하게 보존된
다. 요리하다 남은 채소들도 이 밀폐 용기에 보관한다. 덕분
에 비닐 랩을 사용할 필요도 없어졌고, 비닐 랩을 꺼내기 귀
찮아서 채소를 다 사용하던 습관도 없어졌다. 크기가 작은
다른 용기에는 허브, 육류, 훈제 연어 등을 보관한다. 가끔
오븐에 그라탱을 데울 때, 고기를 재울 때, 도시락 용기 등으
로도 잘 쓰고 있다.

치즈 보관법

많은 치즈가 물방울이 맺히는 것을 싫어한다. 치즈는 숨을 쉬어야 한다. 그렇지 않으면 물방울을 발산하게 되어 곰팡이가 생기고 지독한 냄새가 나기 시작한다. 그래서 치즈는 특히 플라스틱 용기에 보관하면 안 된다. 이상적인 방법은 원래의 종이 포장지에 보관하거나, 플라스틱 통에 포장된 치즈를 샀다면 유산지에 옮겨 보관하는 것이다. 이상적인 보관 온도? 가장 무른 연성 치즈들은 8~9도가 좋고, 그 외 다른 치즈들은 수납장이나 수납장이 아니더라도 서늘하고 어두운 곳에 보관하면 된다.

섬세한 식자재 보관법

거위 간, 생선알 등은 채소와 마찬가지로 거즈로 싸서 밀폐용기 안에 넣어 보관한다. 까다로운 작은 과일들(오디, 딸기, 산딸기)은 수분이 매우 많다. 이런 과일들이 빨리 상하는 이유는 마르거나 곰팡이가 생기기 때문이다. 따라서 미리 씻어두지 말고, 먹기 직전 마지막 순간에 씻어야 한다. 최고로 좋은 방법은 병에 넣고 뚜껑을 잘 닫아서 냉장고에 보관하는 것이다.

남은 음식 보관법

차갑게 식은 닭 다리, 속을 채운 파프리카, 남은 두부 스테이크. 친구 중에는 늘 냉장고 속, 눈에 잘 보이는 곳에 '감사'라고 이름 붙인 밀폐 용기를 보관하는 친구가 있다. 그 친구는 이 밀폐 용기가 비워지기 전에는 먹거리를 사지도 않고 새로운 음식을 조리하지도 않는다.

과일 익히는 법

> 감의 소박한 고요함이
> 태양을 흡수하네
> 그 무엇보다 깊이.

바쇼 외《하이쿠, 먹고 마시는 기술》

사다 놓은 아보카도가 다 익었지만 당장 먹고 싶은 마음이 없다면? 냉장고에 넣어라. 차가워지면 익는 속도가 더뎌진다. 그러면 며칠을 벌 수 있다. 반대로 내일 과카몰레를 해 먹을 예정인데, 아보카도가 아직 돌덩이처럼 단단한가? 바나나 한 개와 함께 그릇에 담아 실온에 두도록 하라. 24시간 안에 완벽하게 익는다. 아보카도, 사과, 망고, 모든 종류의 자두와 같은 몇몇 과일은 수확한 후에도 후숙이 이어진다. 따라서 이런 과일들은 다른 과일들과 접촉하지 않게 따로 보관하는 것이 좋다.

고기와 생선용 트레이

> 조개 덕분에
> 우리는 살맛 난다네!
> 한 해가 저무네.
>
> 마쓰오 바쇼

고기와 생선은 트레이나 접시에 담아 냉장고 제일 아래 칸에 보관하는 것이 상식이다. 그래야 물이 새어 나와도 냉장고 나머지 부분은 무사할 수 있다. 냉동식품을 밤새 해동할 용도로 사용하는 작은 트레이도 실용적이다.

버터 보관법

두꺼운 나무 소재의 제대로 된 좋은 버터 접시를 장만하라. 버터 접시가 있으면 버터를 반쯤 포장을 뜯은 상태로 직접 냉장고에 보관하지 않게 될 뿐만 아니라, 심하게 더울 때가 아니면 아예 냉장고에 넣지 않아도 된다. 나무 소재 덕분에 버터는 실온에서 거의 항상 똑같은 상태로 유지된다.

냉장고 빈자리 활용법

샴페인 잔이나 생으로 먹는 샐러드를 담을 유리 샐러드 볼, 피곤한 눈을 위한 습포로 사용할 우려낸 티백, 매니큐어 등을 보관하면 좋다.

냉동식품 보관법

냉동고는 특히 대가족에게 유용하다(한꺼번에 많은 양을 요리하여 소분한 뒤 냉동해 두면 시간, 돈, 에너지를 절약할 수 있다. 설거지도 줄고, 가스레인지 청소를 덜 해도 되고, 저장하고 세척하고 조리할 재료도 줄어든다). 1인 가구나 2인 가구가 매일 요리하고 싶지 않거나 요리할 수 없는 경우에도 유용하다. 그런데 혼자 사는 사람에게는 사실 냉장고 안에 있는 작은 냉동실 한 칸만 있어도 충분하다. 이렇게 되면 음식을 덜 냉동하게 된다. 일단 한번 냉동하면 신선할 때만큼 맛있을 수는 없다. 게다가 냉동하려면 적절한 밀폐 용기와 비닐 랩을 찾아야 하고, 나중에 해동하려면 기다려야 하거나 심지어 전자레인지를 사용해야 한다. 결국 감자를 곁들인 작은 순대 요리와 프렌치드레싱을 뿌린 엔다이브와 비트 샐러드를 준비하는 것보다 오히려 품이 많이 들 수 있다. 냉동 보관하면 좋은 식품은 다음과 같은 경우뿐이다.

- 약간의 빵
- 몇몇 단백질(소시지, 큐브형으로 자른 베이컨, 채 썬 버섯, 다진 고기 혹은 생선포 한두 개, 닭 가슴살 한두 개, 왕새우, 남은 스튜 등이 있다.)
- 미리 삶은 강낭콩
- 통 생강(냉동 상태면 더 쉽게 갈린다. 유기농인 경우, 껍질째 간다.)
- 토마토 농축액을 얼린 얼음 조각(요리할 때 농축액 1큰술을 대용으로 사용하면 좋다. 더 농축된 튜브형 토마토 퓌레를 사용해도 된다. 토마토 퓌레는 냉장 보관한다), 방울토마토(예쁘고 실용적이다. 요리에 사용해도 좋고 칵테일에 얼음 대용으로 사용해도 좋다.)
- 네 조각으로 자른 레몬(감귤류는 냉동 보관 말고는 오래 보관할 방법이 없다. 차가운 물에 담그면 5분 만에 해동된다.)

- 약간의 물과 함께 얼려서 얼음 조각으로 만든 허브
- 갈아둔 파르메산 치즈(살 때는 덩어리로 산 다음, 집에서 강판에 갈아 유리병 안에 보관한다. 이렇게 하면 미리 갈아서 포장한 치즈를 구입할 때보다 세 배는 더 저렴하고, 몇 달이고 오래 보관할 수 있다).
- 가공식품이긴 하지만 식전에 먹는 비스킷이나 브레첼, 쿠키(다음에 언제든 그대로 냉동실에서 꺼내 바로 먹으면 된다. 해동시킬 필요도 없고, 처음 포장을 뜯었을 때만큼 바삭하다. 견과류도 마찬가지다.)

냉동 보관용 용기

몇몇 원칙주의자들은 유리병 안에 넣으면 서로 들러붙는 식료품에는 실리콘 주머니가 최고라고 믿는다. 하지만 실리콘 주머니는 만졌을 때 느낌이 좋지 않고 세척하기도 어렵다. 따라서 너무 극단적으로 원리 원칙을 따질 필요는 없다. 비닐 지퍼백이면 충분히 실용적이다. 크기가 같으면 '게임용 카드'처럼 정리해 놓기 좋다. 냉동실 서랍을 열 때마다 또는 냉동고 속에 완벽하게 내용물과 날짜를 표시한 라벨이 붙어 있는 지퍼백들이 줄 서 있는 모습을 볼 때마다 시각적으로 만족감을 느끼게 된다.

냉장고는 창고가 아니다

> 프랑스인은 1인당 평균적으로 연간 20킬로그램의 음식물
> 을 버린다. 이는 구입한 음식물의 21퍼센트에 해당하는 양
> 이다. 이 가운데 50퍼센트는 과일과 채소다. 더 놀라운 사실
> 은 이렇게 버려지는 음식물 가운데 30퍼센트는 포장도 뜯
> 기 전에 버려진다는 것이다. 이렇게 해서 우리는 아직 먹을
> 수 있는 음식물을 매년 평균 120만 톤이나 버리고 있다!
>
> 프랑스 온라인 잡지 《미니멀 저널》

요즘 나오는 냉장고에는 대개 문이 대여섯 개 달려 있다. 그
러다 보니 굳이 냉장할 필요가 없는 것까지 포함해서 아무
거나 다 집어넣는 벽장처럼 사용되고 있다. 하지만 우리 뱃
속과 마찬가지로 냉장고 안에도 아무거나 다 넣어서는 안
된다. 화학 성분이 많이 든 식자재부터 넣지 말아야 한다. 게
다가 남은 음식을 냉장고에 보관할 때 사용할 밀폐 용기는
대체 얼마나 가지고 있는가? 냉장고는 우리가 먹는 모든 정
크 푸드와 우리의 잘못된 식습관, 잘못된 예산 관리, 지나친
욕심, 식탐, 게으름을 집약해서 보여준다. 전기 소모도 크다.
어느 중국인 요리사의 말처럼, 우리는 사흘마다 장을 비우
듯 냉장고도 비워야 한다. 현대 주방의 새로운 괴물 가운데
하나인 냉장고 때문에 불편을 감수할 필요가 없다. 똑똑하

게 채우기만 하면 중간 크기의 냉장고 한 대로 충분하다. 살림이 적을수록 정리할 것도 적은 법이다. 하지만 내가 생각하기에 커다란 냉장고보다 작은 냉장고를 사용할 때의 가장 큰 장점은 따로 있다. 냉장고가 작으면 음식물을 너무 많이 보관할 수 없으므로 요리할 재료가 뭐가 있는지 한눈에 알아볼 수 있을 뿐만 아니라 소비 습관도 달라진다. 냉장고 용량을 바꾸면 쓰레기도 덜 나오고, 삶이 간결해지고, 직접 요리하는 즐거움도 더 커진다. 한마디로 냉장고 크기를 줄이면 거의 인생이 달라지는 셈이다. 그리고 냉장고가 작으면 즉흥적으로 원하는 만큼 오랫동안 여행을 떠나기도 쉽다!

냉장고 없이 사는 사람들

저는 소량으로 구매하고 24시간 안에 다 먹어요. 덕분에 음식물 낭비가 크게 줄었죠. 우리는 워낙 음식물을 냉장고에 보관하는 습관이 몸에 배어 있어서, 이제는 무엇이 있는지 주의조차 하지 않아요. 그냥 잊어버리죠. 이렇게 해서 낭비하게 되는 겁니다!

프랑스 온라인 잡지 《미니멀 저널》

오늘날, 자신의 소비 방식과 생활 방식을 되돌아보고 점검하는 소비자들이 점점 많아지고 있다. 이제는 가지고 있던 냉장고를 처분했다거나 겨울에는 (몇몇 식자재를 베란다에 보관하면서) 냉장고 코드를 뽑아놓는다는 사람들을 심심치 않게 만나게 된다. 모든 가정에 냉장고가 보급되지 않았던 1950년대와 1960년대에는 대체 어떻게 살았을까? 그 시절에도 나름대로 식량을 보존하는 요령이 있어서 사람들은 굶어 죽지 않았다. 하지만 무엇보다도 그때는 음식을 덜 비축했다(시골에서 살던 경우는 제외다. 시골에서 살면 겨울마다 몇 주 혹은 몇 달 동안 먹을 것을 미리 준비해 두어야 했다). 진보라는 개념은 항상 더 나아야 한다는 느낌이 들게 한다(대체 무엇보다 더 나아야 한다는 말인가?). 하지만 이것이 반드시 행복을 보장하는 것은 아니다. 세상과 동떨어진 곳에 살지 않는 한, 고기는 매일 사면 되고(혹은 간단하게 고기 없이 살면 되고), 한 번에 치즈 한 개만 먹으면 되고(더군다나 치즈는 상온에서 더 맛이 좋다), 혹은 인도 사람들처럼 정제 버터(집에서도 직접 만들 수 있다)를 먹으면 된다. 냉장고를 없앤 사람들의 말을 들어보면, 쓰레기가 크게 줄었고, 이제는 과하게 요리하지 않게 되어서 남는 음식도 없다고 한다. 이들은 냉장고가 없어져서 생긴 공간을 허브 화분으로 장식하고, 과일은 예쁜 바구니에 담아 보관하면서 상하는 것이 생기지 않게 주의한다. 이렇게 함으로써 지출을 크게 줄이고 있다.

해 먹는 비용과
사 먹는 비용

가공식품에는 대가가 따른다

> 자기 기분 좋자고 단 음식이나 감각적인 맛을 지닌 음식
> (매우 값비싼 초콜릿), 사치품에 돈을 탕진한다. 생존용 음
> 식에 대한 지출을 가로막는다. 일에 필요한 물건임에도 질
> 나쁜 물건을 고른다. 이 모두가 우선순위를 혼동하는 행동
> 이다. 물건을 잘 사는 것은 일종의 투자이기 때문이다. 여
> 기에는 좋은 품질의 음식도 포함된다.
>
> 고이케 류노스케 《버리고 사는 연습》

여러분은 집밥이 '즉석식품'보다 더 비싸다고 생각하는가?
집밥에 드는 비용과 카트에 가득 담은 즉석식품과 스낵에
드는 비용을 비교해 보라. 사무실 자판기에서 매일 뽑아 마

시는 카페라테와 집에서 보온병에 담아와 마시는 커피값도 비교해 보라. 아침마다 집에서 나서기 전 샌드위치나 도시락을 손수 준비할 때 드는 비용에 비하면 깨진 독과도 같은 외식비도 생각해 보라. 자연식품(나는 '유기농'보다는 '자연'이라고 부르는 것이 더 좋다. 가공 처리되지 않은 뛰어난 수제품이지만 유기농 딱지가 붙지 않은 것도 많기 때문이다)은 자연식품이 아닌 것보다 더 비싸다. 그래도 우리는 최소한 해로운 식품, 가령 동물의 병을 예방하기 위해 항생제로 범벅된 고기와 달걀을 먹지 않으므로써 경제적 손실을 막을 수 있다는 사실을 잘 안다. 또한 나중에 절약하게 될 의료비와 이런 훌륭한 먹거리를 먹으며 몸과 혀가 느끼는 만족감도 생각해 보라. 자연식품은 우리에게 포만감을 안겨주어 음식을 적게 먹도록 만든다.

가공식품보다 비싼 '좋은' 식품

나는 유기농 방식으로 거의 매크로바이오틱에 가깝게 건강하게 자랐다. 그래서 그런지 나는 신선하고 건강하고 단순한 음식의 맛이 좋다. 그래서 외식하기가 두렵다. 너무 짜고, 기름지고, 달고, 인공 감미료가 많이 들어간다. 음식점에서는 집중적으로 경작한 채소와 '가공' 육류처럼 재료에서 고유의 맛이 나지 않는 것을 숨기기 위해 많은 첨가물을 넣는다. 나에게는 이런 것이 정말로 맛이 없다. 자연은 결코 무미건조하지 않은 진정한 맛을 제공해 준다. 식품은 그 맛이 아무리 강해도 일단 가공 처리되면 무미건조해진다. 식료품이 살아 있지 않거나 변형되면, 생명력과 인간의 온기가 부족해진다…. 어떤 감성도 자극하지 않는 음식은 무미건조한 음식이다.

료코 세키구치 《무미건조함》

품질은 값을 매길 수 없는 법이다. 공장에서 만든 치즈와 포유기인 봄에 제철 우유로 수작업해서 만든 홀스타인 치즈는 비교 불가능하다. 가공 처리하지 않은 뛰어난 품질의 과일과 채소는 제철에는 비교적 저렴한 가격으로 살 수 있다. 사실 우리 할머니들은 스스로 '환경주의자'를 자처한 적이 없다. 그저 자연스럽게 그렇게 살았을 뿐이다. 낭비하지 않는 생활은 탄소 발자국을 줄이는 활동이기 이전에 일종의 도덕적 문제였다. 거창한 대의명분을 위해서 낭비를 피했던 것이 아니라 낭비하는 삶이 늘 수치로 여겨졌기 때문이다. 여러분도 절약을 실천하고 싶다면 다음을 참고하라.

• 고기 소비를 제한하거나(가령 일주일에 한두 번으로 횟수를 줄인다), 거의 먹지 않거나 완전히 끊는 것도 좋다.

채식에 맞게 쉽게 조정할 수 있는 요리법이 많다. 훌륭한 페코리노 치즈를 단백질로 섭취하는 방법도 있다. 이 치즈는 스테이크와 같은 값이지만 훨씬 더 매력적이다.

- 집에서 직접 소스를 만들어 먹는다. 가공되어 나오는 소스에는 화학 성분과 소금, 설탕, 나쁜 기름이 가득할 뿐만 아니라 가격도 비싸다. 한 병을 사서 다 먹지 못하고, 남은 것을 유통 기한 전에 소비하지 못해서 쓰레기통에 버리는 것을 생각하면 더욱 비싼 편이다. 훌륭한 요리사는 물론 우리 할머니들도 시판 소스를 사용한 적이 없다. 생선 요리에는 흑후추와 레몬즙으로 맛을 내고, 식초, 겨자, 참깨 타히니 소스(병이 아니라 튜브에 들어 있는 것을 사용해야 굳지 않는다), 마늘, 샬롯, 생크림, 강판에 간 파르메산 치즈 등으로 소스를 만들면 된다. 재활용한 작은 유리병에 소스 재료를 넣고 뚜껑을 꼭 닫은 다음, 격렬하게 흔들어 유화시키면 맛있는 소스가 완성된다. 작은 믹서를 장만하는 데 투자하면 금세 본전을 뽑을 수 있다. 믹서로 소스도 만들고 나만의 비법으로 혼합 향신료도 쉽게 만들 수 있기 때문이다. 나의 경우, 레몬 소금을 구하러 사방으로 수소문했지만 결국 찾지 못했다. 그 대신, 소금과 말린 레몬 껍질을 갈아 셀프로 쉽게 만들 수 있다는 것을 알게 되었다. 내가 예외적으로 시판 소스를 사용하는 경우는 마요네즈와 (무가당) 유기농 케첩이 유일하다. 집에

서 마요네즈를 만들려면 시간이 오래 걸리고 오래 보관할 수 없기 때문이다. 시판 마요네즈에 다른 재료들을 섞으면 다양하고 전문적인 소스를 만들 수 있고 비교적 오래 보관할 수 있다! 마요네즈에 우유를 조금 섞으면 생채소에 곁들일 화이트소스를 뚝딱 만들 수 있다. 마요네즈에 케첩을 조금 섞으면 새우에 곁들이기 좋은 산호색 소스가 만들어진다. 마요네즈와 명란을 혼합하면 찐 감자와 찰떡궁합인 맛있는 소스가 된다. 으깬 두부에 마요네즈를 섞어 만든 맛있는 디핑 소스에는 막대 모양으로 자른 생채소를 찍어 먹으면 좋다. 팬으로 요리할 때 마요네즈를 넣으면 양념 역할도 하고, 스테이크나 그린 양배추를 구울 때 기름 역할도 한다. 만약 마요네즈가 싫다면, 1작은술 용량의 강황이나 카레를 약간의 생크림에 섞어 사용하면 좋다. 생선 요리에 곁들였을 때의 효과와 맛은 보장한다.

- 홈메이드 요거트를 만들도록 한다. 카스피해 요거트 1큰술을(또는 분말형 종균을 구입한다) 차가운 전지분유 반 리터에 섞는다. 뚜껑을 덮어 상온에 두면, 24시간 후에 요거트가 완성된다. 이렇게 만든 요거트 한술을 남겨 종균으로 삼아 다음번 요거트를 만드는 데 사용한다. 친구 중에는 이런 방법으로 20년 전부터 요거트를 만들어 먹는 친구가 있다. 카스피해 요거트는 일본에서 인기가 많다.

이 마초니(아르메니아가 원산지이며 중온에서 잘 번식하는 이 요거트는 장수에 도움이 되는 것으로 유명하며, 전통적으로 소나 염소, 양, 버펄로 우유로 만든다)는 매끄럽고 크림이 풍부하고 프로바이오틱스가 많이 함유되어 있다. 만들기 쉽고 따로 요거트 발효기도 필요하지 않다. 상온에서 24시간 안에 배양되기 때문이다. 일본에서는 이 요거트를 과자 위에 올리거나, 샐러드 소스에 넣거나, 과일 또는 꿀과 함께 먹는다.

- 나만의 페타 치즈나 코티지 치즈를 만든다(샐러드에 올려 부숴 먹으면 정말 맛있다). 우유 반 리터를 데우다가 끓기 직전에 불을 끈 다음, 식초 1큰술을 넣고 응고될 때까지 젓는다. 응고되면 면포(또는 커피 필터)에 담아 물을 뺀다. 유청을 짜내고 물기가 빠지게 둔다.
- 씨앗을 발아시켜 샐러드를 풍부하게 한다.
- 딱딱해진 빵으로는 크루통, 그라탱용 빵가루, 프렌치토스트를 만든다.
- 일주일에 한 번, 남은 재료들로 파스타, 소테, 국물 요리, 랩 등을 만들어 먹는다(이렇게 해서 남은 음식을 소진할 수 있겠지만, 이상적인 방법은 애초에 음식을 남기지 않는 것이다. 남으면 다시 포장해서 정리해야 하기 때문이다. 처음부터 딱 한 끼 먹을 양만큼만 요리하도록 한다).

우리에겐 "아니"라고 말할 권리가 있다

> 주방은 인생을 배우는 학교와 같다. 비싼 돈을 내지 않아
> 도 먹을 수 있으니까.
>
> 나탈리 조르주

> 양파 두 개 / 오렌지 한 알 / 밀 배아 한 봉지 / 카레가루
> 몇 캔 / 쌀 / 마른 미역 / 간장병 / 손수 만든 흑빵.
>
> 필립 한든《자유로운 여행자의 소지품 목록》

앞으로는 우리가 먹는 음식에 들어가는 살충제, 인공 향료,
색소, 보존제에 "안 돼"라고 외치자. 동네 상권과 영세 농산
물 시장을 죽이고 그곳 상인들과 대화하는 즐거움도 앗아가
는 아마존 쇼핑도 멀리하자. 우리 쓰레기통의 용량을 초과
하는 박스나 포장지도 피하자. 시장에서는 천연 제품을 선
택하고, 일그러지거나 얼룩진 과일이나 채소도 인격을 지녔
다고 생각하며 그 영혼을 느껴보자. 이렇게 하면 태양과 물,
재배자의 손길로 탄생한 이 먹거리가 그 자체로 이미 경이
로운 존재임을 알게 된다.

　소박하고 건강한 전통 식단으로 돌아가도록 하자. 라곰을
지향하는 스웨덴 사람들, 생선구이와 밥 한 공기를 즐겨 먹
는 일본 사람들, 페타 치즈를 곁들인 토마토 요리를 즐기는

지중해 백세 장수인들. '딱 알맞은 만큼'을 좌우명 삼아 살
았던 검소하고 지혜로운 이 사람들의 인생철학을 배우자.

3부

자유롭게 만들면
그것이 당신의 레시피가 된다

레시피 없이 요리하기

놀이 같은 즉흥 요리가 최고다

당신은 거창하고 멋진 요리를 하세요. 저는 그런 스타일 아니에요. 제 안에는 정말로 유목민 정신이 있는 것 같아요(작은 상자 안에 짐을 다 집어넣고 아주 작고 오래된 아파트에 가서 살 수 있을 것 같아요). 제 꿈이요? 팬 하나와 냄비 하나로 사는 삶이죠. 제가 만드는 포토푀 재료요? 양배추 잎 두 장, 소시지 한 개, 감자 한 개… 전 요리하는 걸 그다지 좋아하지 않아요. 맛있는 빵과 양젖으로 만든 치즈 한 조각, 복숭아 하나로도 끼니를 맛있게 즐기죠. 레시피 따위는 필요 없어요. 저한테는 배고플 때 빨리 먹을 것을 마련하되, 설거지하고 정리할 일거리를 만들지 않는 것이 최우선이랍니다.

어느 독신 여성

우리는 TV나 인터넷, 책에서 홍수처럼 쏟아지는 레시피 때문에 너무 수동적으로 변해버렸다. 이런 레시피를 볼수록 우리 아이디어와 상상력, 창의성이 떨어진다. 하지만 역설적으로 냉장고 안이 거의 비어 있을 때 아이디어가 샘솟는다. 무라카미 하루키는 냉장고를 여는 순간 뭘 요리할지 아무 생각이 없었을 때 했던 요리가 제일 좋았다고 한다.

먹다 남은 셀러리 하나, 달걀 한 개, 두부, 토마토가 각각 한 개밖에 없는가? 하루키에 따르면, 완벽한 음식은 계획하지 않을 때 탄생한다. 실제로 재료 몇 개만으로도 간단하고 맛있는 한 끼를 준비할 수 있다. 많은 사람이 보기에 시간을 들여 요리하는 것은 힘든 일일 수 있다. 일정이 빡빡하고, 레시피는 복잡하며, 이런저런 레시피대로 하기에 재료가 부족할 수 있다. 하지만 인생을 복잡하게 만들지 않고서도 얼마든지 요리하는 법을 배울 수 있다. 스스로 창의적이지 않다고 생각하더라도 말이다. 주방에서 몇 시간이고 서 있지 않아도, 자연스럽고 재미있고 친환경적이며, 경제적이고 맛있는 요리를 만들 수 있다. 매일 먹는 평범한 요리는 TV 속 요리와는 아무 관계가 없다. 또한 진짜 요리에 대한 대안이 반드시 즉석식품이어야 하는 것도 아니다. 겨울이면 따뜻한 음식을, 여름이면 소량의 믹스 샐러드를 요리하는 것은 잘사는 법을 배우는 것과 같다. 이를 위해 레시피는 필요 없다. 몇 가지 기본 기법만 숙지하고 있으면 충분하다. 물론 상상력 한 조각도 필요하다.

전통적인 요리 대신 간단한 요리

> 정말로 저는 각계각층의 모든 사람이 즐길 수 있는 맛있는
> 건강식이 더 살기 좋은 세상을 만든다고 생각합니다. 그래
> 서 제 요리 철학은 몇몇 기본적인 재료를 약간의 영감으로
> 버무려 맛있는 한 끼를 만들어내는 것입니다. 팬트리가 거
> 의 비어 있더라도 말이죠.
>
> 마크 마츠모토, 요리사

레시피 없이 만드는 간편식 요리야말로 최고다! 일단 극단
적으로 간단한 것부터 만들기 시작하라. 오래 걸리지 않고,
특별한 칼질 기술도 필요하지 않은 음식으로 말이다. 팬에
구운 알감자에 진한 소스를 뿌린 양상추를 곁들이는 식으로
하면 된다. 요리하는 것을 싫어하는 사람이라면, 특히 요리
를 '잘하는' 사람들을 흉내 내려 해서는 안 된다. 오히려 반
대로 여러분처럼 요리하고 필요한 계획을 짜는 것을 싫어하
는 사람들에게서 영감을 받도록 한다. 그들은 뭐든 먹어야
한다는 필요성을 잘 인식하고 있어서, 최소한의 노력을 들여
맛있는 한 끼를 만들어내는 기발한 방법들을 발견해 낸다.

그리고 인정하지 않을 수 없는 사실이 하나 더 있다. 요리하는 것을 좋아하는 사람들 가운데에도 며칠 저녁쯤은 위대한 요리사 노릇을 쉬고 싶지 않은 사람이 어디 있겠는가? 작은 버터 한 조각과 약간의 마늘을 곁들인 콜리플라워 찜, 진한 앤초비 생크림으로 무친 시금치, 아직 식지 않은 파에 프렌치드레싱을 곁들여 먹으면 된다. 사실 엄밀히 말해 이런 것들을 요리라고 하지 않지만, 맛있는 건강식임은 분명하다.

누구도 가르쳐주지 않았다는 핑계

> 우리 집을 찾은 손님들이 했던 인사말 가운데 우리 집에 밥 먹으러 오지 않았다는 말이 가장 아름답게 들렸어.
>
> 요리하는 것을 지독하게 싫어하는 어느 친구

누구도 가르쳐준 적 없다는 말은 변명이 되지 못한다. 요리는 누구든 원하면 할 수 있다. 르 코르동 블루급 요리사가 되지 않아도 음식 만드는 법을 얼마든지 완벽하게 알 수 있다. 그런데 근본적으로 말해서 요리할 줄 '안다'라는 말은 무슨 뜻일까? 이것은 소고기 찜 요리를 할 줄 안다거나, 영양이나 맛에서 상호 보완할 수 있는 재료를 배합할 줄 안다는 의미가 아니다. 그보다는 냉장고 문을 열면 싱싱한 샐러드 채소와 완숙 달걀, 훈제 연어 한 조각, 정어리 통조림 하나 혹은 작은 병에 담긴 거위 간이 늘 있다는 뜻이다. 그리고 이에 못지않게 중요한 점이지만, 조리 온도를 조절하고 조리기구를 다룰 줄 알면 요리할 줄 아는 것이다. 너무 익히거나(심지어 태우거나) 덜 익힌 탓에 요리를 망치는 경우가 많다. 그런데 이런 것은 익숙해지면서 터득하는 것이다. 어떤 요리책도 정확히 가르쳐줄 수 없는 문제다. 각자 사용하는 열원과 조리기구에 따라 다 다르기 때문이다.

망쳐버리지 않을까 하는 두려움

> 우리 남편은 새 레시피를 처음 시도할 때면 완벽해질 때까지 매일매일 하고 또 한다니까(웃음…).
>
> 유리, 친구

요리를 망칠까 봐 두려운가? 평가받는 것이 걱정인가? 그냥 대담하게 요리하라! 사실 요리의 이면에 어마어마한 정서적 부담이 숨어 있는 경우가 많다. 요리를 망치거나, 요리를 평가받거나, 어머니나 친한 친구만큼 요리를 잘하지 못할까 봐 두려울 수 있다. 신선하고 품질 좋은 식료품을 조금 준비한 뒤, 간단한 식사를 준비하는 법을 배우도록 하라. 누구도 여러분에게 전문 조리사 자격증을 따라고 요구하지 않는다. 간단하고 기본적인 식사 준비는 누구든 할 수 있다. 먼저, 불을 쓰지 않는 음식부터 시작하라. 멋지게 차린 치즈와 가공육 한 접시, 다양한 재료를 섞어 만든 믹스 샐러드, 트레이에 푸짐하게 담아낸 해산물 요리를 망칠까 봐 두려워하는 것은 심리적인 것이다. 스스로 되뇌어라. 요리에서는 즐거움이 핵심이라고. 이런 두려움을 극복하려면, 레시피나 규칙 같은 것은 다 잊어버리는 것이 중요하다. 그래야 요리의 창의성도 발달한다. 그린빈 요리에 샬럿을 첨가해 보거나, 애호박 위에 파르메산 치즈를 갈아서 뿌려보라. 고수로 당근의 풍미를 높이거나, 약간의 바질로 토마토의 풍미를 높이고, 가지 요리에 마늘을 넣어보라. 자기가 손수 만든 요리에서 풍기는 맛있는 냄새는 진정한 즐거움을 선사한다. 이런 식으로 한 번 성공을 맛보면 또 다른 성공으로 이어진다.

레시피의 90퍼센트는 우리를 위한 것이 아니다

역설적인 것처럼 보이겠지만 요리책이나 TV, 인터넷, 심지어 친구에게서 얻은 레시피 대부분은 우리를 위해 만들어지지 않았다. 입맛이 우리와 일치하지 않을 뿐만 아니라, 대부분이 혼자 사는 사람을 생각하고 만든 레시피가 아니다. 게다가 우리한테 없는 재료나 조리기구가 필요한 경우도 종종 있다. 시간도 너무 많이 걸린다. 이뿐만 아니라 요리하는 것을 별로 좋아하지 않으면 레시피를 그대로 따라 하는 것만큼 지겨운 일이 없다는 것도 인정해야 한다.

일상 요리와 미식 요리

> 나는 단순한 예술이 좋다. 요리도 마찬가지다.
>
> 에릭 사티

많은 사람이 음식과 미식을 혼동한다. 하지만 어떤 면에서 보면 이 두 영역은 서로 모순될 수 있다. 먹는다는 것은 따로 비용을 들이지 않고 어려움 없이 그럭저럭 음식을 섭취하는 것이다. 반면 미식에서 추구하는 것은 실제로 음식을 섭취하지 않으면서 (미식 측면에서) 잘 먹는 것일 수 있다. 오늘날 많은 분야가 그렇듯, 요리도 미디어의 영향을 크게 받는다. 그 매체는 우리가 좋아하는 요리 리얼리티 쇼일 수도 있고, 잡지나 인터넷일 수도 있다. 그런데 여기서 우리가 보는 이미지는 대부분 평범하지 않다. 이런 요리에는 특별한 (그래서 값비싼) 식자재와 많은 시간, 다양한 조리기구가 필요하다. 하지만 돈을 거의 들이지 않고, 겉치레 없이, 스트레스받지 않으면서, 완벽해야 한다는 강박 없이도 얼마든지 쉽게 요리해 먹을 수 있다. 팬트리 속 식자재로 만드는 요리는 상상력을 살짝 더하기만 하면 그 어떤 유명한 레스토랑의 요리보다도 훌륭할 수 있다. 친구가 집에서 만들어준 모로코식 타진 스튜와 겨룰 만한 요리는 없다. 커다란 나무 접시 위에 맛있는 발효 빵 토스트와 후무스, 과카몰레, 훈제 연어 한 조각을 차려 놓고 TV 앞에 앉아 좋은 영화 한 편을 감상하는 즐거움을 따라올 것은 없다.

우리는 얼마든지 미식 요리를 거부할 수 있다. 그리고 시류에 너무 휘둘리지 않도록 주의해야 한다. 굳이 복잡한 요리를 만들 필요가 없다. 아주 단순한 것으로도 식사가 즐거워질 수 있다. 특히 시간이 없거나, 혼자 살거나, 가족을 먹여야 하는 경우가 그렇다. 우리 모두 솔직해지자. 집에서 만든 간소한 가정식 요리가 독창적이고 튀고 싶어 하는 미식 창작 요리보다 훨씬 더 뛰어나다고 생각하지 않는가. 소박하게 차려낸 요리는 조잡하지 않다. 치즈가 녹아내리는 그라탱이나 둥근 모양이 완벽하지 않은 사과파이라고 해서 맛이 덜하지는 않다. 우리는 스스로 압박하는 것을 멈춰야 한다. 독창적인 요리, 새로운 요리, 놀랍도록 아름다운 요리, 경탄스럽게 차려낸 요리, '준비하는 데 3시간 걸리는' 요리에서 벗어나야 한다. 그냥 가공육 한 접시와 작은 사발에 담은 채소 수프를 맛있게 잘 먹으면 된다.

늘 같은 요리를 먹는다고
창피해 할 것 없다

> 눈이 내리기 시작하네
> 혼자라 느끼며
> 젓가락을 집어 드네.

하시모토 다카코, 20세기 일본의 시인

항상 메뉴를 다양하게 하고, 새로운 레시피를 시도해야만 한다고 느끼는가? 대체로 사회적 압박 때문에 그렇게 느끼는 것이다. 하지만 유행에 휩쓸리고, 남들이 '정상'이라고 강요하는 것에 대체 왜 무릎을 꿇는다는 말인가? 우리에게는 요리할 때 전통을 고수하고, 새로운 음식을 시도하기 싫어하고, 늘 신상품과 새로운 요리법을 억지로 좇지 않아도 될 권리가 있다. 그 나물에 그 밥만 먹는다고 콤플렉스를 가지거나 난감해 할 것 없다. 옛날 사람들은 다 그렇게 살았다. 시골 출신 사람들이 주로 그랬지만, 가령 전통 있는 오래된 영국 가정에서도 일주일 단위와 계절 단위로 의식처럼 먹는 음식이 있었다(금요일 저녁에는 카레, 일요일에는 로스트비프, 크리스마스에는 푸딩을 먹는 식이다). 이런 생활 방식으로 사는 사람들은 이 같은 습관으로 안정감과 편안함만 느끼는 것이 아니다. 이런 습관 덕분에 흐르는 시간에 또 다른 의미가 부여되기도 한다. 기다려지는 귀중한 순간들로 삶이 점철되기 때문이다. 우리 할머니들은 식단을 구성하는 데 그렇게 많이 고민하지 않았다. 으레 겨울에는 수프를, 여름에는 멜론과 염소젖 치즈를 곁들인 토마토 샐러드를, 가을에는 버섯 팬 구이를, 봄에는 마타리 상추나 민들레 샐러드, 아스파라거스, 햇감자를 먹었다. 그냥 때마다 정원에서 수확하거나 시장에 나온 것, 즉 제철 식품을 먹었다. 남들이 어떻게 생각하건 괘념치 말라. 여러분의 방식에 대해 그들 마음대로 평가하게 내버려 두고, 여러분은 여러분이 원하는 대로 식사 준비를 계속하라. 이렇게 하는 것이 여러분의 스트레스와 시간을 줄이고, 경제적으로도 이득이라는 사실을 잘 알지 않는가. 여러분에게 행복감을 주는 일을 계속 이어 가라.

레시피 없이 요리하는 방법

요리하지 않는 사람들은 대부분 비슷한 면이 있다. 그들은 레시피를 극도로 싫어한다. 특히 장부터 봐야 하는 레시피를 싫어한다. 그들은 진열대 한 바퀴 도는 데만 (뭐가 뭔지 잘 알지 못하니 그럴 수밖에!) 45분이나 걸리기도 한다. 원하는 것을 못 찾으면 다른 상점에 가야 한다. 그렇게 해서 집에 돌아온 뒤에야 집에 이미 그 상품이 있다는 것을 알게 된다. 신경질이 나고 짜증이 날 수밖에. 이렇듯 레시피는 요리하지 않는 사람들을 겁먹게 한다. 그들은 레시피대로 따라 하는 요리이건, 즉흥 요리이건, 아예 요리할 엄두를 내지 않는다. 대표적으로 앵글로색슨 국가들에서는 요리 만화와 컴퓨터 그래픽이 크게 발달해 있다. 이는 요리책 앞에서 머리가 멍해지는 사람들에게 요리하는 것이 얼마나 큰 공포인지를 잘 보여준다.

요리하는 사람들 중에는 완벽주의를 추구하는 복잡한 요리에 질린 사람들이 많다. 그들은 마치 모든 사람이 독창성과 다양성을 발휘하며 다른 사람들이 하는 것처럼 모든 것을 한 치의 오차도 없이 일관되게 정확히 해야 해서, 오랜 시간이 걸리는 레시피가 지긋지긋하다. 너무 많은 양을 요리하게 해서 결국에는 남은 음식물을 어떻게 해야 할지 난감하게 만드는 레시피도 지겹다. 레시피를 따라 하는 동안 느끼는 스트레스와 좌절감, 시간과 노력, 지출하는 돈은 말할 것도 없다. 따라서 요리하기를 좋아하지 않는 사람들이 같은 경험을 반복하고 싶어 하지 않는 것도 놀랄 일은 아니다. 하지만 요리는 레시피가 없어도 얼마든지 할 수 있다. 보기에는 마법처럼 보일 수 있지만, 이는 보기만큼 어려운 일이 아니다. 팁을 달라고? 계량이나 특별한 방법이 필요 없는 사소한 기법 몇 개를 숙련해 두면 된다.

재료 두세 개만으로
요리하기

재료가 적을수록 단순해진다

여러 재료를 배합하는 방법 중에는 유구한 전통이 있는 경우가 많다. 이는 아무 이유 없이 재료를 배합하는 것이 아니라 한 재료의 맛이 다른 재료의 풍미를 완성하고 끌어올리기 때문이다.

단백질 식품은 채소와 세트를 이룬다. 이런 단순한 건강식은 남녀노소 누구나 좋아한다. 우리 할머니, 할아버지가 드셨던 것을 생각해 보면 이런 음식을 많이 발견할 수 있다. 예를 들면 감자를 곁들인 순대 요리, 오렌지를 곁들인 오리요리, 햄과 함께 먹는 엔다이브 요리, 그린빈을 곁들인 닭고기, 베이컨이나 소시지와 함께 먹는 렌즈콩 등 헤아릴 수 없이 많다. 샐러드, 튀김 요리, 수프, 약식 그라탱, 구운 요리 등, 재료 두세 개만으로 만들 수 있는 레시피는 수없이 많다. 그중 몇 가지를 소개하면 다음과 같다.

- 모르토 소시지를 곁들인 렌즈콩 요리
- 모렐 버섯 오믈렛
- 찐 미니양배추를 곁들인 돼지갈비
- 햄(또는 달걀)과 치즈와 함께 먹는 메밀 전병
- 뜨거운 염소젖 치즈를 곁들인 시금치 요리
- 채 썬 햄과 그린 양배추 오믈렛(익혀서 반으로 접는다.)
- 베이컨 조각과 함께 구운 브로콜리(굽기 전에 미리 쪄서 사용한다.)
- 버섯 크림(육즙을 생크림과 섞어 만든다)을 곁들인 얇게 썬 고기 요리
- 달걀 프라이와 베이컨 그리고 찐 아스파라거스
- 석쇠로 구운 연어 조각을 뿌린 그린 샐러드
- 찐 근대와 렌즈콩과 대두로 만든 비스킷
- 에스플레트 고추를 넣은 라타투이 스튜
- 샬럿을 가미한 홍합과 감자튀김
- 양배추 절임, 소시지, 찐 감자 트리오
- 햄과 함께 먹는 엔다이브

찐 감자로 할 수 있는 모든 것

믿기 어렵겠지만 사람들 중에는 감자를 삶을 줄 모르는 사람도 많다. 하지만 우리가 감자로 만들 수 있는, 소박하면서도 우리를 즐겁게 만드는 요리는 정말 많다. 감자의 껍질을 까고 씻은 다음, 잘라서 팬에 올리면 된다. 아니면 먼저 잘 세척한 뒤, 차가운 물이 든 냄비에 넣고 불을 켠 다음, 칼끝으로 찔렀을 때 속까지 들어갈 정도가 될 때까지 익힌다. 이렇게 익힌 감자는 식기 전에 먹어도 좋고, 나중에 차갑게 해서 먹거나 다시 데워 먹어도 좋다(뜨거운 감자의 껍질을 벗기면서 손이 데지 않으려면, 얼음 물에 헹군 뒤 깨끗한 헝겊으로 싼 다음 벗기도록 한다). 빨리 익히려면, 껍질을 먼저 벗기고 작게 깍둑썰기해서 삶는다. 감자 퓌레를 뚝딱 만들고 싶으면, 껍질 벗겨 삶은 감자에 따뜻한 우유를 붓고 약간의 버터와 소금, 후추를 첨가한 다음, 포크로 감자를 으깬다. 이때 냄비는 불 위에 그대로 올려둔 채 만든다.

따뜻한 감자에 곁들이면 좋은 음식

- 생버터와 굵은 소금
- 명란 마요네즈
- 진한 앤초비 크림 한 숟가락(크림 속 앤초비를 포크로 으

깬다.)
- 훈제 청어(또는 다른 생선)와 샬럿(또는 양파도 좋다.)
- 프렌치드레싱을 뿌린 찐 아스파라거스와 소시지 하나(이 렇게 하면 완전한 한 끼 식사다.)

차가운 감자와 함께 먹으면 좋은 음식

- 비트를 섞은 샐러드
- 삶은 달걀과 양파, 마요네즈가 들어간 샐러드

다시 데워 먹기

- 둥글게 잘라서 양파와 약간의 마늘과 함께 팬에 굽는다.
- 우유와 약간의 버터를 넣고 으깨어 퓌레를 만든다.

이 밖에도 감자를 활용한 레시피는 무궁무진하다.

간단한 디저트 만들기

- 와인에 절인 배: 적포도주에 배를 넣고 끓인다. 샹티이 크 림과 함께 차려낸다.

- 망고 요거트: 말린 망고를 작은 조각으로 잘라 요거트에 넣고 하룻밤 냉장고 안에 둔다. 간단한 아침 식사로 손색 없다.
- 커피 젤리: 한천 분말에 커피를 넣고 섞는다. 냉장고에 넣어 차갑게 한다. 샹티이 크림이나 믹서로 거품을 내서 만든 코코넛 크림과 함께 차려낸다.
- 푸딩: 우유 1리터, 달걀 6개, 설탕 200그램을 45분간 중탕한다.
- 사과 클라푸티: 두꺼운 크레프와 약불에서 팬에 볶은 사과를 함께 차려낸다.
- 럼주를 발라 팬에 구운 바나나를 차려낸다.

계획하기보다는
구성하기

심플한 메뉴가 최고다

> 우리는 간단하게라도 매일 요리해. 매주 작은 상자로 싱싱
> 한 채소를 배송받지. 요즘은 그린 아스파라거스와 화이트
> 아스파라거스가 제철이야. 그래서 아스파라거스를 많이
> 먹고 있어. 찐 아스파라거스에 내가 직접 만든 소스로 양
> 념해서 생햄이나 가열 햄을 곁들여 먹지.
>
> 장미셸, 친구

매일같이 잔칫상을 차리거나, 볼로네제 라자냐를 만들거나,
터무니없이 비싼 스테이크를 구울 필요는 없다. 우리 할머
니들은 몇 시간씩 오븐 앞을 지키고 있지 않았지만, 제철에
맞게 신선한 밥상을 차려주셨다. 할머니들의 식습관은 농촌

에 뿌리를 둔 것이었다. 그들은 남편이 잡아온 정어리와 함께 으깬 감자 요리를 만들었다(그 시절에는 냉동과 해동을 반복한 바닷가재 같은 것은 알지도 못했다). 혹은 슬라이스로 자른 가지에 올리브오일과 소금, 후추를 뿌려 오븐에 구웠다. 혼자 살건, 커플로 둘이 살건, 아니면 가족 전체가 같이 살건, 퇴근 후 지친 몸으로 집에 온 우리에게 필요한 것은 딱 하나다. 바로 맛있는 음식이다. 다만 맛있긴 하되 너무 놀랄 정도의 맛은 필요 없다. 기운을 북돋우고, 즐거움을 주면 된다. 겨울에는 오븐에 구운 그라탱, 여름에는 믹스 샐러드, 가을에는 향기로운 배로 만든 파이면 족하다. 모양이 예쁘지 않아도 맛있으면 된다. 이런 집밥은 가공식품이나 전자레인지에 데워 먹는 음식, 심지어 배달 음식보다도 훨씬 훌륭하다.

단순함에서 오는 본연의 맛

요리를 하면 할수록, 음식 본연의 맛은 레시피의 단순함에 있음을 알게 된다. 물론 축제나 큰 행사를 위해 심혈을 기울여 짠 복잡한 레시피도 존재하지만, 우리는 근본적으로 매일매일 거의 같은 음식을 먹는다. 우리에게 기운을 주고 피로를 잊게 해주는 음식은 바로 이렇게 매일 먹는 음식이다.

트러플이나 바닷가재, 캐비어처럼 비싼 고급 식품으로 쉽게 맛있는 음식을 만들 수 있지만, 팬에 감자와 양파를 구워서도 얼마든지 맛있는 음식을 만들 수 있다. 이 작고 평범한 뿌리채소를 특별한 요리로 만드는 것은 감자를 구울 줄 아느냐에 달렸다. 일반적으로 그렇듯, 요리에서도 단순함이란 스트레스를 피하고 자신에게 집중할 시간을 누리는 것을 말한다. 또한 식품의 변형을 최소화하는 것이다. 즉, 과일이 상하기 시작한 경우가 아니라면 과일을 스무디나 조림으로 만들지 않고 생으로 먹는 것이다(생채소와 생과일에는 함유 비타민의 70퍼센트 이상이 보존되어 있다. 그런데 주스나 조림으로 가공하면 이 수치는 20퍼센트로 떨어지게 된다). 식전에는 칩 한 사발보다는 쉽고 빠르게 준비할 수 있는 막대 모양으로 자른 채소를 부드러운 후무스에 찍어 먹으면 훨씬 좋다!

최소로 구성하기

5분간 쪄낸 콜리플라워, 올리브오일과 레몬, 겨자를 섞은 소스, 반숙 달걀 2개. 이렇게 다 준비하는 데 걸리는 시간은 고작 5분. 나는 손이 너무 많이 가는 음식은 싫다.

야스미나 로시

단백질 식품 하나, 채소 하나, 곡물 하나. 이런 식으로 복잡하지 않은 식단을 구성하라. 스칸디나비아 할머니들은 스스로 세상에서 제일 똑똑한 여성이라고 자부한다(사실 맞는 말이다). 최소로 요리하면서도 가족과 친구들에게 맛있는 음식을 만들어주니 말이다. 그들의 식탁에 오르는 음식은 삶은 감자, 다양한 종류의 빵, 디핑 소스, 막대 채소, 절인 생선 등이다. 그들은 각자 자기 방식대로 상을 차리고, 샌드위치를 직접 만든다. 녹인 버터에 마늘을 넣고 여기에 감자를 넣어 먹기도 한다. 친구 에마뉘엘도 이와 조금 비슷한 방식으로 요리한다. 불에 올려 식자재를 섞는 일이 거의 없다(차가운 당근, 별도로 익힌 채소를 곁들인 포토푀, 양상추와 민들레, 마타리 상추 등을 혼합한 샐러드 등). 그래서 그의 요리는 매우 간단하다. 하지만 그가 차린 한 상은 늘 잔칫상처럼 풍요롭다.

식단을 계획한다는 것

요리요? 전 요리라고 하면 겁부터 나요. 도무지 뭘 어떻게 해야 할지 모르겠어요. 레시피대로 따라 하고, 채 썰고, 기다리고… 하는 일이 다 지루한걸요.

엘로디, 33세

요리할 때 가장 부담되는 것 중 하나는 어떤 음식을 해야 할지 모른다는 점이다. 도무지 영감이 떠오르지 않아서 수치스럽게 생각하는 사람들도 있다. 미디어와 잡지에서는 미리 메뉴를 정해서 요리하라고 권고한다. 미리 계획해서 한 주간 먹을 메뉴를 정하느라 스트레스받지 말라는 뜻이다. 이런 방법이 잘 맞는 사람들도 있겠지만 더 큰 압박감으로 다가오는 사람들도 있다. 솔직히 고백하자면 나는 개인적으로 한 번도 식단을 계획해 본 적이 없다. 하지만 여러분은 화요일에는 팬에 구운 감자와 믹스 샐러드를 먹고, 수요일에는 채소 파스타를, 목요일에는 파히타를, 금요일에는 생선과 쌀밥을 먹겠다는 식으로 정해도 된다. 이렇게 하는 것이 여러분의 생활을 간소화한다면 말이다. 핵심은 매일 채소 위주로 먹어 채소를 많이 섭취하는 것이다.

식단 계획이 매번 실패로 돌아갔다면, 루틴보다는 새로운 것을 선호한다면, 여러분만의 식단을 만들어보라. 가령 다진 고기를 넣은 가지 구이, 햄, 달걀, 치즈, 토마토를 곁들인 메밀 전병처럼 말이다. 미리 익혀도 영양 손실이 없는 식품들도 준비하면 좋다. 가령 쌀이나 작은 로스트비프는 한 번 만들어서 여러 번 먹으면 된다(만든 첫날에는 따뜻하게, 다음 날과 그다음 날에는 차가운 상태로 썰어서 작은 오이피클과 함께 샌드위치로 만들거나 얇게 썰어서 믹스 샐러드에 넣어 먹는다). 여름이면 채소(파프리카, 버섯, 파, 토마토)를 그릴에 구운 뒤, 소스(식초에 올리브오일이나 참기름을 섞은 것)에 담가 냉장고 안에 보관한다. 이렇게 하면 한 주 동안 팬을 꺼내지 않고도 싱싱한 채소를 즐길 수 있다.

계획하기보다 중요한 것

집에 양파가 떨어지면 안 돼.

어느 남편이 아내에게 하는 말

양파 몇 개, 참치나 정어리 통조림 한 개, 달걀, 그린 양배추 반 통, 치즈, 냉동 빵 몇 개. 이 식료품들은 장기간 보관 가능한 데다, 완전한 한 끼 식사가 된다. 잘게 자른 채소 믹스와 훈제 햄 말이를 함께 먹을 수도 있고, 채 썬 생양배추로 참치 샐러드를 만들 수도 있다. 또 '어떤 재료로든' 오믈렛, 파스타, 카레, 중국식 볶음밥, 샐러드, 수프도 만들 수 있다.

요리를 배우거나 적어도 영양을 갖추면서 경제적이기도 한 음식을 만드는 일은 어려워보일 수 있다. 하지만 걱정하지 마시라. 요리는 하면 할수록 저절로 아이디어가 떠오르기 마련이다. 평소에 절대로 요리를 하지 않다가 갑자기 비옷을 집어 들고 저녁거리를 사러 나갈 수는 없는 법이다. 게다가 신선한 천연 재료를 과도하게 변형하지 않고 만들면 절대로 망친 요리가 나올 수 없다.

식품 목록 확인하기

재료를 사러 가기 전에 수납장, 냉장고, 냉동고에 있는 것을 모두 확인하라. 병아리콩 통조림을 3개 사뒀는데 어디에 쓰려고 샀는지 기억이 나지 않는가? 그렇다면 새로운 재료들과 어떻게 조합해서 사용할 수 있을지 궁리해 보기를 바란다. 생선과 녹색 채소와 함께 요리하면 될까? 쌀과 콜리플라워를 함께 사용하거나 닭고기, 호두와 함께 사용하면 어떨까? 막대 모양으로 자른 생채소를 찍어 먹을 후무스를 만들어볼까? 여러분의 집에 있는 모든 재료로부터 메뉴에 대한 아이디어를 얻을 수 있다. 매일 요리하고 싶다면, 집에 먹을 것이 뭐가 있는지 늘 알고 있어야 한다. 그래야 어느 일요일 저녁, 먹을 것이 없어서 빈 접시만 바라보는 일이 생기지 않는다.

팬트리 속 재료로 요리하기

낭비를 피하고 남은 음식은 재활용하라. 비축하고 있는 식품을 재빨리 확인한 뒤, 약간의 상상력을 발휘해 보라. 지난 끼니에 맛있게 먹었던 소고기 구이나 양고기 요리, 스튜를 창의적으로 맛있게 다시 살려낼 수 있다. 주저하지 말고 남은 음식과 팬트리에 있는 식료품을 동원해서 그라탱이건, 타르트건, 미트볼이건, 샐러드건, 완전히 다른 요리를 만들어보라. 남은 음식으로 요리하면 돈도 절약하면서 전에 없던 참신한 레시피가 나올 수도 있다. 향신료를 마음껏 사용하라. 카레, 쿠민, 계피, 생강, 육두구, 파프리카는 다시 살아난 요리에 풍미와 독창성을 줄 수 있는 소중한 지원군이다. 아무리 해도 아이디어가 떠오르지 않는가? 아주 간단한 아이디어 몇 가지를 다음과 같이 소개한다. 개인에게 맞게 무한대로 얼마든지 변형해 보라!

- 샌드위치: 빵 한 조각(눅눅해진 빵도 좋다) 위에 치즈나 익힌 채소, 생선 등으로 장식한다. 차갑게 먹어도 좋고 따뜻하게 먹어도 좋다!
- 그라탱: 채소, 탄수화물, 고기나 생선으로 조리한 다음, 빵가루와 치즈를 갈아 뿌려서 바삭한 식감을 낸다.
- 시골풍 다진 고기파이: 먹다 남은 고기 위에 감자 퓌레나 채소 퓌레를 덮고 오븐에 굽는다.
- 오믈렛: 플레인 오믈렛, 치즈 오믈렛, 버섯 오믈렛 등을 만든다.

- 따뜻한 파스타: 익혔거나 익히지 않은 채소, 먹다 남은 햄, 닭고기 등과 함께 볶는다.
- 파스타나 쌀을 섞은 믹스 샐러드: 채소(햄, 완숙 달걀, 게맛살과 함께)에 아직 식지 않은 파스타나 쌀을 섞어 만든다.

보존 식품은 피하라

몇 년 전부터 '100퍼센트 홈메이드'가 유행이다. 하지만 주의해야 한다. 혼자 사는 경우, 집에서 만든 레몬 소금 절임 한 병이나 양파 식초 절임 한 병, 피클 1킬로그램을 소진하기는 힘들다. 그래서 한 친구로부터 이런 종류의 식품은 먹지 않기로 했다는 말을 듣고서 결심했다. 나도 이제 이런 보존 식품은 만들지 않겠다고 말이다. 그러자 찾아온 해방감이란! 내가 유일하게 꾸준히 만들고 있는 보존 식품은 마늘이다. 통마늘 10개를 껍질을 까서 올리브오일과 함께 믹서에 넣고 간다. 그렇게 만든 부드러운 크림을 냉장고에 넣으면 살짝 고형으로 변한다. 이렇게 만들어두면 1년간 보존된다고 한다. 하지만 나한테는 몇 달 정도여도 충분하다.

몇 가지 기본적인 노하우

노하우가 삶을 편하게 한다

방사해서 키운 뿔닭의 닭 다리와 절인 마늘, 비에르주 소
스를 뿌린 영국식 브로콜리에 포므롤 포도주 한 잔을 곁들
이면 금상첨화지. 뿔닭은 단백질 식품 가운데 단백질 함량
이 가장 높고 지방 함량이 가장 낮은 고기야. 그리고 미네
랄도 풍부한 훌륭한 고기지. 약간의 레몬 겨자와 마늘, 월
계수를 밑에 깔고 노릇하게 구워야 해. 이때 기름이나 지
방은 절대 넣지 않아. 이렇게 구우면 그야말로 겉은 바삭
하고 속은 부드럽게 구워져. 껍질은 감자튀김처럼 바삭하
고 속은 입안에서 사르르 녹지. 나이프 대신 작은 수저로
먹을 수 있을 정도야. 그다음은 영국식 브로콜리. 스테인
리스 만능냄비에 브로콜리를 넣고 촉촉하게 만들기 위해

물을 조금 넣어. 약간의 소금과 후추, 그리고 넣고 싶은 것을 다 넣고 뚜껑을 닫아. 처음에는 강불로 끓이다가 불을 낮춰서 약불에서 20~25분간 끓여. 이렇게 해서 생긴 채수는 따로 보관해도 되고(마셔도 되고), 채소는 아삭하면서도 입에서 살살 녹지. 마지막으로 비에르주 소스. 반쪽 분량의 레몬즙, 맛있는 올리브오일, 소금, 후추, 허브…를 섞은 다음, 적후추 열매를 손바닥으로 비벼서 뿌려주면 즉각 색이 살아나면서 요리에 멋을 더하지(게다가 향기로운 허브는 장 건강에도 좋아!). 이 소스를 브로콜리 위에 발라주면 돼. 이렇게 하면 지방이 전혀 없는 요리에 소스의 기름이 더해지면서 풍미가 깊어지지. 올리브오일을 넣은 요리는 절대로 가열해서는 안 돼. 그래서 올리브오일은 마지막에 넣어야 해. 가열 조리 중에는 절대 금물이야. 그렇게 하면 무용지물이거든. 고기를 구울 때 바삭한 식감을 살리고 싶으면, 무엇보다 기름을 바르고 오븐에 넣으면 안 돼. 그건 바보 같은 짓이야.

장미셸, 친구

노하우가 있으면 삶이 편한 법이다. 고민하거나 골머리를 앓지 않고서도 능숙하게 행동할 수 있기 때문이다. 감자 삶기나 쌀밥 짓는 법만 제대로 알아도 많은 요리를 할 수 있다. 파스타와 달걀 삶는 시간, 곡물 삶을 때 필요한 물의 양

등 몇 가지 조리법을 냉장고 문에 붙여놓으면 일상이 편해진다. 조리법이나 노하우가 없으면, 금세 요리에 지쳐서 가장 쉽지만 행복감을 주지 않는 해법으로 회귀하게 된다. 즉석식품을 다시 찾게 되는 것이다. 하지만 반대로 노하우가 있으면 요리는 즐거움이 되고 어린아이의 놀이처럼 여기게 된다. 한 가지라도 기본적인 요리법을 이해하게 되면 더는 레시피가 필요 없게 된다.

영국식으로 요리하기

영국식으로 요리한다는 것은 아주 간단하게 물에 삶거나 데치는 것을 말한다. 양배추, 시금치, 브로콜리, 아스파라거스, 그린빈, 단호박, 미니양배추를 잘라서 차가운 물에 씻은 다음(거꾸로 잡고 씻으면 더 깨끗하게 세척된다!), 끓는 물에 넣고 부드러워질 때까지(또는 기호에 따라 아삭할 때까지) 삶는다. 채소가 다 익으면 재빨리 찬물에 헹궈서 잔열을 제거한다. 혹은 따뜻한 상태일 때 진한 프렌치드레싱과 함께 차려낸다. 나는 이런 방식으로 아스파라거스를 조리해서 수란 한 개와 같이 차려내는 것을 아주 좋아한다(수란을 만들려면, 소금과 식초 몇 방울을 넣은 물을 끓인다. 끓는 물에 달걀을 깨서 넣고 숟가락으로 흰자를 모아주며 1~1.5분간 익힌다). 채소를 미리 익혀 따로 보관해 두면 먹기 직전 끓는 물에 다시 데울 수 있다. 녹색 채소는 사자마자 데쳐놓으면 더 오랫동안 보관할 수 있다.

냄비로 찌는 법

밀폐 뚜껑이 있는 냄비에 3센티미터 높이까지 물을 넣고 접이식 찜기나 바구니만 있으면 채소, 생선, 흰살 고기를 찔 수 있다(단, 찌기 전에 소금 간은 하지 말라. 찌는 동안 음식물에서 수분이 빠져나갈 수 있다). 찜기 위에 유산지(유기농)나 커다란 양배추 잎을 깔거나, 생선을 올리기 전에 둥글게 썬 레몬을 깔면 맛이 더 좋아진다. 각종 채소와 생선을 찐 다음 집에서 만든 소스에 찍어 먹으면, 이보다 더 간단하면서 맛있는 요리는 없다.

굽고 찌는 법

콜리플라워, 그린빈, 브로콜리, 둥글게 썬 당근, 파프리카, 양파, 회향, 애호박(당근, 감자처럼 단단한 채소는 빨리 익히기 위해 잘게 썬다), 고기, 두부, 해산물 모두 이 조리법으

로 요리할 수 있다. 프랑스에서는 거의 사용하지 않는 방법
이지만, 음식을 초스피드로 조리할 수 있는 아주 훌륭한 조
리법이다. 먼저, 팬에 기름을 두르고 재료를 굽는다. 중간중
간 뒤집어가면서 겉이 노릇해지기 시작할 때까지(약 5분간)
굽는다. 그런 다음, 채소의 약 500그램 분량에 물(육수, 포
도주, 과일즙, 맥주도 좋다!)을 2큰술 뿌려주고 즉시 뚜껑을
닫아 수증기가 빠져나가지 않게 한다. 이렇게 하면 금세 익
으면서도 소중한 영양소는 잃지 않는다(찜기에서 쪘으면 증
기로 영양분이 빠져나간다). 그래서 찌기만 한 것보다 이 방
법으로 익힌 음식이 더 영양가가 좋다. 음식물이 부드럽게
익은 뒤에도 수분이 남아 있으면, 뚜껑을 열고 완전히 증발
될 때까지 약불로 계속해서 끓인다. 반대로, 충분히 익지 않
은 경우에는 물이나 액체를 1큰술 추가해서 다시 뚜껑을 덮
고 몇 분 더 끓인다. 인도에서는 이 방법을 널리 애용하는데,
팬에 기름을 두를 때 향신료(강황, 고수, 고추, 쿠민 분말 또
는 페이스트)를 추가한다. 중국에서는 기름에 샬럿, 고추, 마
늘을 약불에서 튀긴 다음, 여기에 채소를 넣고 조리한다.

말린 콩류 조리법

말린 콩류는 최고의 단백질 중 하나다. 샐러드나 수프, 퓌

레, 전병, 미트볼, 사모사, 후무스, 채식 햄버거 패티(산호색 렌즈콩이 다진 스테이크를 대체하는 경우)에 넣어 먹을 수도 있고, 다른 단백질 식품(고기, 가공육, 생물 생선, 훈제 생선)에 곁들여 먹을 수도 있다. 그런데 오늘날에는 콩류 소비가 점점 감소하고 있다(고기보다 4배 적게 소비하고 있다!). 예를 들어 렌즈콩 같은 경우, 단백질과 미네랄, 섬유질을 매우 풍부하게 함유하고 있다. 혈당지수가 낮고, 글루텐은 함유하고 있지 않다.

고대 이집트의 파라오들이 렌즈콩을 무척 즐겼다고 한다. 바빌로니아인들은 공중 정원에 렌즈콩을 키웠다고 한다. 렌즈콩은 성경에도 등장한다. 게다가 생각보다 익히는 방법이 복잡하지 않다. 콩류를 조리하는 데 유일하게 필요한 소소한 준비는 (현미, 병아리콩, 퀴노아, 강낭콩, 보리, 누에콩을) 반나절 동안 차가운 물에 담가야 한다는 것이다(렌즈콩만 예외적으로 바로 삶아도 된다). 이렇게 해야 렉틴을 제거할 수 있기 때문이다. 잘 소화되지 않는 이 단백질 물질은 식물이 포식자인 곤충으로부터 자신을 보호하기 위해 분비하는 물질이다. 조나 퀴노아 같은 몇몇 곡류는 물에 담가두면 거품이 생기고 물이 노랗게 변하면서 탁해진다. 다음 날이 되면 체에 걸러 헹군 다음, 부피의 세 배에 달하는 물을 넣고 끓인다. 물이 끓기 시작한 뒤, 다 익을 때까지 60~90분간 끓인다. 황금색 렌즈콩은 45분 만에 다 익고, 산호색 렌즈콩은 바스마티 쌀이나 퀴노아, 타불레처럼 15분 만에 익는다. 이런 곡물들을 베이스로 삼아 몇 가지 채소와 향신료, 허브를 가미하면 맛도 있으면서 건강에도 좋은 완벽한 요리가 탄생한다. 곡류를 삶는 물은 부케 가르니(혼합 허브 다발 — 옮긴이)나 독특한 풍미를 가미해서 향기롭게 할 수도 있다. 쌀의 경우, 삶는 방법이 품종에 따라 다르므로 포장지 겉면에 있는 조리법을 참고하도록 하라.

스튜용 냄비 사용법

스튜용 주물 냄비 사용법은 항상 명확하게 딱 떨어지는 것이 아니다. 적어도 처음에는 주물 냄비로 파스타나 쌀을 삶는 것은 피하도록 한다. 파스타나 쌀은 일반 냄비로 삶는 편이 훨씬 빠르고 쉽다! 대신 콩류와 고기를 소스와 함께 뭉근하게 끓이는 용도로 주물 냄비를 사용하라. 하지만 스테인리스 스틸 소재의 스튜용 냄비 역시 요리의 풍미와 연한 정도를 따졌을 때 주물 냄비 못지않다. 팁을 주자면, 고품질의 스테인리스 냄비를 사용하고, 약불에서 끓이도록 하라. 이렇게 하면 제일 저렴한 고기 부위(근육이 많아 질긴 어깨살)도 아주 맛있게 익는다. 먼저, 약간의 지방질을 첨가해서 강불로 고기의 모든 면을 골고루 구워준다. 그런 다음, 약간의 물이나 포도주, 육수 그리고 수분이 나오는 채소 한두 개(양배추, 토마토, 양파)를 넣는다. 여기에 요리 전체에 맛있는 향을 입히는 조각 베이컨 몇 개와 소금, 후추를 기호에 따라 선택적으로 첨가해 준다. 불의 세기를 최대한 낮춰서, 고기 품질에 따라 20분~1시간 뭉근하게 끓인다. 또 다른 방법으로는, 간단하게 고기와 얇게 썬 양파에 소금만 약간 넣어도 된다. 고기와 양파에서 나오는 즙과 캐러멜화된 양파만으로도 충분히 풍미가 생기기 때문이다. 불을 낮추고 끓이는 동안 뚜껑은 열지 않도록 한다. 열기가 빠져나가면 다시 같은 온도가 될 때까지 시간이 오래 걸리기 때문이다. 중간에 뒤집을 필요가 없다는 점도 명심하기를 바란다. 천천히 끓는 데다, 냄비 내벽이 뜨거운 덕분에 음식물이 눌어붙을 위험이 없다. 다 끓이고 나면 그때 전체적으로 저어주면 된다. 이 조리법은 끓이는 데에는 어느 정도 시간이 걸리지만 조리 준비 자체는 몇 분밖에 소요되지 않는다.

튀김 만들기

튀김은 재료의 풍미를 최대로 끌어올리는 조리법이다. 채소나 고기, 생선을 (조각으로 자르고 필요하면 약간의 밀가루 튀김옷을 입혀서) 뜨거운 기름 속에 빠뜨려 익히는 방식이다(튀김용 기름으로는 샐러드유, 즉 중간급 올리브오일, 또는 일반 기름을 사용하고, 아니면 샐러드유와 일반 기름을 혼합해서 쓴다). 튀김용 조리기구는 폭이 좁을수록 기름이 많이 필요하지 않다. 기름이 음식물을 완전히 덮을 수만 있으면 된다. 3센티미터 정도면 충분할 수 있다. 그 대신 깊이는 충분히 깊어야 한다(냄비나 프라이팬). 그래야 끓는 기름에 화상을 입지 않는다. 그리고 음식물을 기름에 넣기 전에 키친타월이나 깨끗한 리넨으로 물기를 제거해야 한다. 튀긴 다음에는 건져서 그릴망(또는 키친타월)에 올려두고 기름을 빼준다.

전병 만들기

> 삶의 기술은 바로 자기만의 우주를 창조하는 것. 음식, 채소, 꽃, 요리⋯ 이 모두가 다 창조물이 될 수 있다.
>
> 미미 토리슨, 중국계 프랑스인 요리 블로거

차파티, 블리니, 누룩 없는 전병, 토르티야, 조로 만든 전병, 브릭, 팬케이크, 크레프 등 전병은 우리가 즐겨 먹는 빵의 조상인 셈이다. 간소하지만 건강하고 영양의 균형도 잘 잡힌 이 음식은 우리 밥상의 주식으로도 손색없다. 이 덕분에 문명으로 인해 발생하는 질병을 유발하고 점점 더 정교해지는, 변질된 음식을 덜 섭취할 수 있다. 사실, 현대 문명 아래 우리 사회는 산업화와 영양 과다 섭취로 무너지고 있다. 전병에 치즈, 작게 자른 채소 조각, 향신료, 씨앗을 곁들이면, 그것만으로도 완전한 하나의 요리가 된다. 특히 빠르고 쉽게 만들 수 있고 거의 원가가 들지 않는다는 것이 장점이다(주요 재료는 밀가루, 곡류, 기호에 따라 넣거나 빼도 되는 달걀, 우유, 물이 전부다). 반죽에 생채소나 익힌 녹색 채소를 첨가하기만 하면 된다. 이렇게 만든 전병은 한두 개 포장해서 사무실로 가져가 도시락으로 먹기에도 제격이다.

1분 뚝딱 전병 만들기

- 우유 1컵(우유, 두유)
- 통밀 가루 또는 전립분 1컵
- 강판에 갈거나 다진 채소 1컵(파, 당근, 양파, 애호박, 파슬리)
- 달걀 1개
- 약간의 소금

기름을 두른 뜨거운 팬에 반죽을 붓는다. 강불에서 양면을 고루 익힌다.

오트밀 전병 만들기

- 오트밀(또는 메밀) 1컵
- 달걀 1개
- 생허브 또는 말린 허브, 치즈 2큰술, 육두구 조금, 작은 조각으로 간 당근, 샬럿, 우유 또는 육수, 밀가루 1작은술

반죽이 부풀도록 하룻밤 재운다. 작은 공 모양으로 빚은 다음, 눌러서 납작하게 만든 뒤, 팬에서 굽는다.

세상에서 제일 간단한 전병

요거트와 밀가루를 1 대 2 비율로 섞고 소금을 약간 넣는다. 반죽을 20분간 그대로 재운 뒤, 팬에 올려서 양면이 노릇해지게 굽는다.

육즙으로 소스 만들기

이 소스(일명 브라운소스)는 만들기 어려워보이지만, 뜨거운 지방질과 밀가루를 같이 섞어서 익히기만 하면 된다(단순하게 밀가루 한 숟가락에 버터, 육즙 등의 지방 한 숟가락의 비

율). 이 소스는 빠르고 간단하게 만들 수 있다. (접시에 올려둔) 구운 고기에서 나온 육즙과 밀가루 1큰술을 팬 위에 고르게 둘러준 다음, 원하는 대로 수분(채수, 포도주, 식초, 토마토즙, 오렌지즙)을 조금씩 추가해 준다. 이렇게 하면 여러분 취향에 맞는 소스가 완성된다. 또는 얼려둔 육즙을 녹이면서 약간의 식초나 생크림을 첨가하기만 해도 된다.

구운 고기에 잘 어울리면서도 만들기 쉬운 소스는 하나더 있다. 진한 크림을 사용하는 소스인데, 송아지 갈비에는 겨자와 육즙을 섞은 크림이, 작은 스테이크에는 로크포르 치즈를 섞은 크림이 잘 어울린다. 고기를 담은 접시 가장자리에 찐 채소를 곁들여주면 주요리는 완성이다. 매일 먹는 프랑스 가정식은 정말로 간단하고 빠르게 준비할 수 있다. 준비물은 접시 하나, 컵 하나, 포크와 나이프, 팬에 구운 단백질 요리 하나, 프렌치드레싱을 뿌린 샐러드 하나, 치즈 한조각, 빵 한 조각만 있으면 끝이다. 설거지할 그릇도 거의 없고, 곡류를 삶거나 쌀밥을 지을 필요도 없다.

믹서 없이는 만들 수 없는 레시피

믹서가 없는가? 유감스럽게도 그렇다면 대개 두 가지를 넘지 않는 재료로 즐기는 수많은 요리를 놓치게 된다. 믹서 하나가 우리의 요리 인생을 바꾼다. 그래서 진짜 몇 안 되는 재료로 만드는 믹서 레시피 몇 가지를 소개하고자 한다.

- 페스토 소스(파스타, 디핑 소스, 샐러드용): 갈아놓은 파르메산 치즈, 바질 잎, 올리브오일을 믹서로 모두 섞는다. 여기에 잣, 레몬즙, 마늘을 첨가한 후 다시 섞는다.
- 과카몰레: 믹서에 아보카도, 잘게 썬 양파, 레몬즙, 마늘, 고수, 후추, 소금을 넣고 돌린다.
- 후무스: 믹서에 병아리콩(삶은 콩이나 통조림 콩), 레몬즙, 타히니 소스, 마늘, 소금을 넣고 돌린다.
- 지중해식 디핑 소스: 부드러운 연질 치즈, 올리브, 다진 마늘, 요거트, 소금, 후추를 넣고 섞는다.
- 콜리플라워 라이스: 믹서에 콜리플라워 라이스와 약간의 물을 넣고 돌린 뒤, 물기를 뺀다. 팬에 콜리플라워, 기름, 채 썬 양파, 마늘을 넣고 볶는다. 파슬리와 파르메산 치즈를 곁들인다.
- 속성 아이스크림: 우유 1컵, 생크림 1컵, 잘 익은 바나나 2개를 모두 믹서에 넣고 섞은 뒤, 냉동실에 넣어 2시간 동안 얼린다.
- 달콤 스무디: 딸기와 두유를 섞는다.
- 아이스 스무디: (껍질을 벗기고) 미리 얼려둔 바나나 1개와 우유 1컵을 섞는다.

- 달콤 짭짤한 스무디: 시금치와 키위(껍질째 사용한다)를 섞는다.
- 로크포르 치즈에 마요네즈를 넣고 섞는다.
- 애호박 & 파 수프(1인분): 애호박 1/2개, 파 2/3대를 잘게 썬다. 팬에 기름을 두르고 재료를 볶는다. 마늘, 물, 소금, 후추를 넣고 15분간 끓인 후 믹서에 넣고 돌린다.

수프와 샐러드

수많은 수프 레시피

밤이면 밤마다
눈과 함께하는
나의 겨울밤 국 한 그릇.

고바야시 잇사, 18~19세기 일본의 시인

수프는 워낙 다양한 종류가 있는 데다, 계절에 따라서도 다양하게 먹을 수 있으며, 그 자체로 완전한 한 끼다. 수프는 따뜻하게 먹을 수도 있고, 차갑게 먹을 수도 있으며, 심지어 미지근하게 먹기도 한다. 이렇듯 수프는 우리 식생활의 핵심을 이룬다고 할 수 있겠다. 옛날에는 저녁 식사를 항상 수프(큰솥에다 끓였다)로 시작했다. 이렇게 식사를 시작하면

포만감을 빨리 느낄 수 있기 때문이다. 여름에는 차갑게, 겨울에는 따뜻하게 먹을 수 있는 수프는 제철 재료를 이용해서 모든 사람의 입맛에 맞게 만들 수 있다. 최근에는 대도시를 중심으로 수프 바가 점점 늘어나고 있다(수프가 트렌드가 되고 있는 걸까?).

모든 수프의 베이스는 실제로 항상 똑같다. 채소를 조각으로 잘라서 올리브오일로 볶은 다음 물을 부어 끓인다. 채소가 부드러워질 때까지 살짝 끓을 정도로 천천히 조리한다. 그런 다음, 믹서에 넣고 간다(또는 갈지 않아도 좋다). 식감을 더하고 싶으면 강낭콩, 병아리콩, 생크림 1큰술을 추가한다. 여러 채소를 섞는 것을 그다지 좋아하지 않는다면, 색깔이 같은 채소 두 가지(애호박과 파, 당근과 토마토) 또는 한 가지 채소(브로콜리, 완두콩)와 우유만으로도 맛있는 수프를 만들 수 있다. 강황, 타임, 생허브(익지 않도록 마지막에 넣어야 한다), 생크림, 치즈를 첨가해서 다양한 맛을 낼 수도 있다. 빠르게 만들고 싶다면, 재료를 잘게 자르거나 강판에 갈아서 익히면 된다. 그러면 끓인 다음 믹서에 돌릴 필요가 없다. 수프를 한 끼 식사용 일품요리로 만들려고 한다면 채소에 곡류를 곁들이도록 한다. 내가 제일 좋아하는 수프 중 하나가 완전한 렌즈콩 수프다. 렌즈콩에 평소 삶을 때보다 물을 조금 더 붓고, 삶는 동안 온갖 작은 채소와 소시지, 햄을 넣는다. 추가하는 재료들은 모두 깍둑썰기해서 미리 팬에 볶은 다음 넣는다. 여기에 생크림 약간과 레몬즙 몇 방울을 살짝 추가하면 임금님 수라상 부럽지 않다. 게다가 이렇게 만든 수프는 다이어트에도 아주 좋다. 철분은 풍부한 반면 칼로리는 낮기 때문이다.

샐러드 만들기

양상추 잎은 풍성한 요리에 몇 장 곁들여도 안성맞춤이지만, 믹스 샐러드만으로도 제대로 된 완벽한 한 끼 식사가 된다. 성공적인 샐러드 만들기에 요긴한 몇 가지 팁을 소개한다.

- 먼저, 시원한 물에 채소를 담가둔 다음 물기를 뺀다. 곱게 자른 채소는 거의 무엇이건 다 훌륭한 믹스 샐러드가 된다.
- 가위로 자르거나 가능한 한 손으로 들쭉날쭉하게 찢는다 (양상추, 두부, 셀러리 줄기). 손으로 찢으면 맛이 더 좋아지는데, 이렇게 하면 칼로 반듯하게 잘랐을 때보다 소스가 잘 스며들기 때문이다. 다양한 모양으로 자르면 같은 채소도 맛이 달라진다. 오이의 경우, 깍둑썰기했을 때, 둥글게 썰었을 때, 채 썰었을 때, 막대 모양으로 썰었을 때 다 맛이 다르다. 반면 방울토마토는 샐러드에 넣을 때 자르지 않고 넣어야 샐러드 소스가 희석되지 않는다.

- 한 번에 양상추 속심(가장 딱딱한 부분이라 먹지 않는다)
  을 뽑아내려면, 양상추 안쪽으로 재빨리 한 번 세게 내려
  친 다음 나사를 풀 듯 뽑는다. 이렇게 하면 쉽게 속심이
  분리된다.
- 맛있는 프렌치드레싱을 만들려면 반드시 다음 순서를 잘
  지켜야 한다. 먼저, 채소 잎에 올리브오일 옷을 입힌 다
  음, 소금을 첨가한다. 마지막으로 발사믹 식초를 뿌려서
  풍미를 부드럽게 한다.
- 양상추는 가능한 한 가장 가벼운 것으로 고른다(가벼운
  것이 신선하다). 양상추를 플레이팅하는 독특한 방법 중
  하나는 양상추를 큰 조각으로 가로로 잘라서 접시에 놓은
  뒤, 여기에 여러 재료를 곁들이는 것이다(훈제 연어, 완숙
  달걀, 앤초비, 둥글게 썬 양파와 레몬 등).
- 포만감과 만족감을 높이려면, 샐러드의 풍미와 식감을 다
  양하게 내야 한다. 견과류나 크래커를 샐러드 위에 뿌려
  주면 바삭한 식감이 생긴다(손으로 부순 통호밀 크래커
  조각, 칩 등). 부드러운 치즈나 으깬 아보카도를 추가하면
  말랑하고 부드러운 식감이 나고, 녹색 채소 몇 개를 추가
  하면 아삭함이 생긴다(신선한 셀러리 줄기, 사과, 오이를
  작게 깍둑썰기한다). 신선한 과일(무화과, 딸기), 말린 과
  일(망고, 건포도)과 함께 씹히는 식감을 추가하려면 콩을
  조금 더해주면 된다(병아리콩, 팽폴 강낭콩, 호랑이콩, 녹

두, 검은눈콩, 렌즈콩은 삶아서 냉동해 두면 언제든 꺼내 쓰기 좋다). 굵은 소금이나 통참깨를 뿌리면 씹었을 때 바삭한 식감을 낼 수 있다.

- 양상추 몇 장에 곁들이면 좋은 것은 둥글게 썬 양파나 파프리카, 생콜리플라워, 강판에 간 당근, 건포도 등이다. 단단한 채소나 말린 과일을 프렌치드레싱 소스에 담가서 재활용 유리병 안에 보관해 두면 좋다. 이 소스는 며칠 동안 보관 가능하다.
- 참치 프렌치드레싱은 샐러드드레싱으로 준비한 소스에 캔 참치를 그대로 넣고 섞는다. 이 드레싱은 다른 재료들과도 완벽하게 잘 어울린다.
- 녹색 프렌치드레싱을 만들고 싶은가? 오일, 겨자, 레몬(또는 식초)을 베이스로 하는 소스에 으깬 아보카도를 넣는다.

최고의 샐러드는 따뜻하면서 차갑고(따뜻한 베이컨, 차가운 페타 치즈) 다양한 색의 식자재가 최대한 많이 들어간 것이다(친구 캐스는 매번 끼니마다 여러 색이 어우러지게 식단을 구성한다). 주저하지 말고 온갖 종류의 향신료나 양념(파프리카, 카레, 케이퍼, 미소)을 드레싱 소스에 과감하게 추가하라. 말린 과일이나 견과류도 마찬가지다(집에 늘 한 병씩 비축해 둔다).

적은 재료로 샐러드 만들기

- 베이컨 조각을 곁들인 민들레 샐러드
- 완숙 달걀과 비트 샐러드
- 샐러드와 따뜻한 염소젖 치즈를 올린 통밀빵 토스트
- 토마토와 모짜렐라로 만든 시원한 여름 샐러드
- 청어와 샬롯을 곁들인 감자 샐러드
- 채 썬 양상추 위에 올린 오이피클이 들어간 돼지머리 고기파이
- 훈제 연어를 곁들인 봄철 아스파라거스
- 페타 치즈, 오이, 토마토, 훈제 연어가 들어간 샐러드
- 아보카도 소스를 곁들인 칵테일 새우와 자몽 샐러드
- 채 썬 배추와 사과 샐러드
- 소고기 샐러드(양상추를 밑에 깐 다음, 그 위에 비스듬히 썬 스테이크를 올리고, 접시 가장자리로 마요네즈와 케첩을 뿌린다.)
- 코울슬로(당근, 양파, 그린 양배추를 가늘게 채 썬 다음, 끓는 물에 데친 뒤 눌러서 물기를 빼준다. 여기에 약간의 마요네즈를 넣고 섞어준다.)

원팬 요리

프라이팬 하나로 만드는 한 끼

스파게티, 쌀국수 카레를 만들고 싶은가? 완벽한 파스타 요리를 만들려면, 먼저 파스타를 삶아서 채반에 두고 물기를 뺀다. 프라이팬에 기름을 두르고 베이컨, 다진 고기, 채소를 볶은 다음, 여기에 파스타를 넣어준다.

　카레의 경우, 베이스는 실제로 항상 똑같다. 양파는 껍질을 까서 채 썰고, 부수적으로 고기를 약간 첨가해서 약간의 기름을 두른 팬에서 노릇하게 볶는다. 이때 소금 한 꼬집과 카레 가루 1작은술을 넣고 함께 볶는다. 여기에 취향에 따라 원하는 채소와 두부, 해산물을 추가한다. 재료 위로 1센티미터 정도까지 올라오게 약간의 물과 코코넛 크림 한 통을 붓는다. 뚜껑을 덮고 15분간 뭉근하게 끓인다. 시간을 절약하고 싶다면 빨리 익는 재료를 넣고 만들면 된다. 가령 작은 조각으로 자른 닭고기, 칵테일 새우(냉동 상태인 경우, 소금물에 한 시간 동안 담가두면 원래 풍미가 회복된다), 잎채소(뿌리채소보다 익히는 시간이 덜 걸린다)를 사용한다. 여기에 렌즈콩, 강낭콩 등도 섞어서 피타 빵과 함께 차려낼 수도 있다.

프라이팬이 크면, 다양한 재료를 같이 놓고 나란히 조리할 수 있다. 물론 익는 데 더 오래 걸리는 재료부터 먼저 조리를 시작해야 한다.

팬으로 빠르게 미니 피자를 만들고 싶은가? 기름을 두르고 예열한 팬 위에, 옥수숫가루 1작은술을 섞은 식은 밥을 눌러서 편 다음, 그 위에 둥글게 썬 파프리카, 토마토, 캔 참치 등 원하는 대로 토핑을 올리고, 강판에 간 피자용 치즈나 모짜렐라 치즈를 뿌린다. 뚜껑을 덮고 10분간 굽는다.

나만의 레시피 만들기

재료가 필요 없는 레시피

> 그래서 어느 날, 중학교 3학년 때였을 거야. 내 손으로 제
> 대로 된 음식을 만들어 먹자고 결심했어. 신주쿠 기노쿠니
> 야 서점에 가서 그럴듯해 보이는 요리 책을 사 가지고 와
> 서 거기 있는 걸 처음부터 끝까지 완전히 마스터해 버렸
> 지. 도마 고르는 법, 칼 가는 법, 생선 손질하는 법, 가쓰오
> 부시 깎는 법, 이런 거 저런 거 모두.
>
> 무라카미 하루키《노르웨이의 숲》

여러분이 가지고 있는 레시피에서 군살을 빼고 최대한 단순
하고 기본적인 내용만 남기도록 하라. 다시 말해 가능한 한
재료를 적게 사용하도록 간소화하라는 뜻이다. 이렇게 하면

여러분이 무엇을 만드는지 더 잘 알게 되고 여러분의 직관을 더 신뢰하게 된다(변하는 색상, 냄새, 농도 등). 로봇처럼 자동으로 움직이지 않게 된다. 재료 10개보다는 3개를 가지고 서로 어울리게 배합하는 방법을 터득하는 편이 훨씬 쉽기 마련이다. 그러면 요리 시간도 단축할 수 있다.

지하철 승차권에 들어갈 정도로 간단한 레시피

> 레시피에 나오는 대로 그램이나 밀리미터 단위까지 엄격하게 지킬 필요가 없다. 분량은 자신의 취향에 맞게 조절할 수 있는 대략적인 정도만 생각하면 된다. 이런 자유는 전 세계 모든 종류의 요리에 적용된다.
>
> 아리모토 요코, 일본의 요리 연구가

만약 여러분 혼자 먹을 음식만 요리하는 경우가 대부분이라면, 레시피의 재료 분량은 1인분으로 설정한다(분량을 계산할 때 나누기보다는 곱하기가 쉽다). 같은 요리지만 레시피가 다양하다면, 그중에서 제일 간단한 것(혹은 이미 만들어보고 성공한 것)만 남긴다. 최애 사과파이 레시피가 있는데 그 이상이 필요한 사람이 있을까?(내가 제일 좋아하는 사과파이 레시피는 크럼블 반죽을 반죽 틀에 넣고 직접 손으로 으깨서 만드는 방법이다.)

뵈프 부르기뇽도 마찬가지다. 내가 먹어본 최고의 뵈프 부르기뇽은 친구 사나에가 자기만의 방식으로 새롭게 해석한 것이다. 소고기 1킬로그램을 큼직큼직한 조각으로 잘라 밀가루를 묻힌 뒤, 큰 냄비에 약간의 기름을 두른 후 볶는다. 여기에 재료가 잠기도록 적포도주 80센티리터와 물을 조금 부은 다음, 월계수 한 장을 넣고 두 시간 동안 끓인다. 이 방법은 전날 고기를 미리 재워둘 필요가 없다. 여기에 사골과 둥글게 썬 당근을 추가한다. 두 시간 더 뭉근하게 끓이다가 마지막에 소금을 조금 뿌려준다. 물론 이 레시피로 하면 세 시간 동안 뭉근하게 끓여야 하지만 조리 준비는 무척 빠르게 할 수 있다.

마찬가지 방식으로 코코뱅이나 캐슈너트 스튜, 송아지 스튜 레시피도 단순화할 수 있다. 여러 레시피를 종합하는 법을 터득하라. 열두 가지 레시피를 가지고 그와 비슷하게 즉석에서 만들도록 한다. 우리 할머니들처럼(또는 요리할 때 계량을 전혀 하지 않는다고 알려진 멕시코 사람들처럼) 감으로 요리하라.

가난한 사람들이 즐기는 요리가 진미인 경우가 많다. 풍부한 재료와 고가의 최첨단 기구(가령 스팀 오븐)의 빈자리를 기발한 아이디어로 채워서 똑똑한 방법으로 맛을 살려내기 때문이다. 비결은 무엇일까? 쉽게 구할 수 있는 단순한 재료들을 먹음직스럽게 조합하는 것이다.

레시피를 심플하게 적는 법

> 난 단어 100개가 넘는 레시피는 별로야.
>
> 리에, 나의 시누이

확신이 없다면, 정확하되 심플하게 메모하라(가령 '튜브에서 짜낸 마요네즈 2센티미터', 1T는 1큰술, 1t는 1작은술 등). 하지만 분량은 대략적으로만 생각하고 각자의 기호에 따라 알맞게 조절하도록 한다(모든 요리 레시피는 이 정도의 자유를 보장한다). 각자 자기만의 메모 방법을 만들도록 하라.

융통성을 발휘하라

방금 장을 보고 들어왔는데 레시피에 필요한 재료 하나가 부족하다는 것을 알게 되었다면? 레시피대로 요리하고 싶다면, 심플함을 좋아하는 사람들의 원칙을 명심하라. 주재료는 바꾸지 않되, 그 밖의 향신료나 채소가 부족하더라도 걱정하지 말 것. 창의성과 융통성, 이 두 가지는 우리에게 없어서는 안 되는 양대 지원군이다. 우리 인생에서뿐만 아니라 요리에서도 마찬가지다! 겁내지 말고 여러분이 가지고 있는 것 또는 여러분이 좋아하는 것에 맞게 레시피를 조정하라.

재료는 다음과 같은 식으로 서로 대체할 수 있다.

- 스파게티 소스나 칠리 콘 카르네에 들어가는 다진 고기는 식물성 단백질 식품(잘게 부순 두부나 렌즈콩이나 통조림 콩도 좋다)으로 대체할 수 있다. 햄버거 패티도 다진 고기 대신 채식 재료(버섯, 두부)로 만들 수 있다.
- 곡류는 다른 곡류로 대체할 수 있다! 쌀, 쿠스쿠스, 퀴노아, 보리, 불구르 밀, 옥수수 알갱이 등은 모두 서로 바꿔서 사용하면 된다. 이렇게 하면 레시피를 재해석할 기회도 된다.
- 양파는 파 또는 프랑스 샬럿과 서로서로 대체하면 된다. 프렌치드레싱에 넣거나 샐러드나 수프, 볶음 요리의 고명으로 사용하는 양파 대신으로는 쪽파나 부추를 쓸 수도 있다.
- 훈제 청어는 훈제 연어나 송어, 어란으로 대신할 수 있다.
- 레몬즙 대신으로는 식초라면 어떤 종류건 다 좋다. 특히 프렌치드레싱을 만들 때 이렇게 대체하면 효과적이다.
- 수프나 볶음에 들어가는 채소는 다른 채소 아무거나 대신

써도 된다.

- 수프를 걸쭉하게 만들 감자 대신으로는 쌀이나 콜리플라워, 흰강낭콩을 사용할 수 있다. 이 세 가지는 수프의 맛과 색상에 거의 영향을 주지 않으면서 감자와 같은 부드러운 식감을 선사한다.

- 신선한 허브는 여러분이 좋아하는 다른 허브와 바꿔서 쓰면 된다. 만약 허브가 없다면 쪽파나 잘게 썬 양상추를 허브 대신 고명으로 사용해도 된다. 그런데 이런 재료가 하나도 없다면 대부분의 경우, 그냥 생략해 버리면 된다!

- 베르미첼리 쌀국수 대신으로는 다른 종류의 국수 아무거나 다 사용할 수 있다. 우동면이건, 동양식 밀면이건, 다 적당하다. 볶음과 샐러드에 사용하는 국수 대용으로는 백미나 현미, 재스민 쌀이나 바스마티 쌀, 즉 여러분이 가지고 있는 어떤 쌀을 사용해도 좋다!

- 조리용 올리브오일은 레시피에 따라 다른 식물성 기름이나 버터로 대체할 수 있다.

- 프렌치드레싱은 올리브오일 대신 요거트를 넣어 만들 수도 있다. 고기나 채소를 구울 때는 올리브오일 대신 버터가 안성맞춤이다.

- 크림은 플레인 그릭 요거트로 대체할 수 있다. 고기에 사용할 크림 소스를 만들 때 마지막 단계에서 그릭 요거트를 넣어주면 된다.

- 파스타나 그라탱을 만들 때는 재빨리 베샤멜 소스를 만든다. 먼저 밀가루 2큰술을 차가운 우유 한 컵과 섞은 뒤, 미리 버터를 넉넉히 두른 작은 냄비에 넣고 끓어오를 때까지 계속 저어가면서 만든다.

나만의 비법 노트

> 난 지루하기 짝이 없는 요리책 속 레시피는 정말 한 번도 따라 해본 적 없어. 그 대신 어렴풋하게 우리 어머니와 할머니, 친구 집에 가서 먹어본 요리에서 영감을 받아 요리하지. 그들의 요리법을 내 방식대로 재창조하는 것이 좋거든.
>
> 크리스토프, 친구

우리 대부분은 요리책에 멋진 그림과 함께 소개된 레시피로 요리하는 경우가 거의 없을 것이다. 그런데 만약 마음에 드는 레시피가 한두 개 있다면, 수첩에 옮겨 적은 뒤, 요리책은 공동체를 위한 도서함에 기부하라. 이때 옮겨 적을 레시피는 요리하기에 좋은 레시피를 선택하라. 즉, 이유를 잘 설명해 주는 레시피를 고르라는 뜻이다(가령 데친 시금치를 즉시 얼음물에 넣는 것이 중요한 이유는 엽록소 파괴를 막고 잔열로 가열이 계속되는 것을 막기 위해서라거나, 껍질을 벗긴 가지를 물에 10분간 담가두는 이유는 그 안의 독소를 제거하기 위해서라는 식의 설명). 이렇게 되면 레시피라기보다 아이디어나 팁, 노하우를 기록하는 셈이 된다. 종이를 뜯어낼 수 있는 작은 스프링 노트에 여러분의 레시피와 아이디어를 정리하라고 조언하고 싶다.

채소 항목을 따로 만들어 정리하는 것이 가장 좋을 것이다. 왜냐면 채소가 우리 주식이 될 테니 말이다(우리가 좋아하는 제철 채소별로 두세 가지 레시피를 가지고 있으면 편하다). 또는 계절에 따라, 예를 들어 주요리에 관한 아이디어만 정리할 수도 있다. 또는 수프 항목이나 소스 항목별로 정리할 수도 있다(소스 역시 다른 것들만큼이나 중요하다). 선택은 여러분의 몫이다. 단, 레시피만 기록하지 말고, 여러분의 생각도 수첩에 메모하라. 이 수첩은 장 보러 가기 전에 한 번 쓱 넘겨보도록 하라. 이 밖에도 수첩에 식단이나 메뉴에 관한 아이디어를 적어두는 섹션을 만들어두면 좋다.

4부

내일은 오늘의 주방을
정돈하면서 시작한다

체계적으로 요리하기

체계적인 식사 준비

> 나는 차가운 맥주를 홀짝이며 일사불란하게 음식을 만드
> 는 미도리의 뒷모습을 바라보았다. 그녀는 능숙하고 재빠
> 르게 몸을 움직이며 한 번에 네 가지쯤 되는 요리를 만들
> 었다. 이쪽에서 조림 간을 보는가 싶더니 도마 위에서 뭔
> 가를 탁탁 다지고, 냉장고에서 뭔가를 꺼내 접시에 담고
> 다 쓴 냄비를 슥삭 씻어 버렸다.
>
> 무라카미 하루키 《노르웨이의 숲》

일본 가정주부들은 항상 순서에 따라 식사를 준비하는 것이
원칙이다. 먼저, 쌀을 씻은 뒤 10분간 물에 불린다. 그러는
동안 채소를 씻어서 손질한다. 밥이 지어지는 동안(10분간)

국을 준비하고, 밥솥의 불을 끄고 뜸을 들이는 동안(다시 10분간) 따뜻하게 상에 올릴 주요리를 만든다. 무엇을 하든 항상 미리 준비하라. 파스타를 끓인 물에 달걀을 넣어 삶고, 닭 다리 하나는 다음 날을 위해 남겨두고, 작은 병에 소스를 만들어두도록 하라. 항상 한 걸음 앞서가라. 요리할 때는 항상 옆에 트레이(혹은 접시) 두 개를 준비해 둔다. 하나는 채소의 껍질을 벗기고 그 찌꺼기를 담는 용도로 쓰고, 다른 하나는 씻어서 손질한 채소를 담아두는 용도로 쓴다. 냅킨 하나를 접어두고 그 위에 뜨거운 냄비 뚜껑을 놓으면 조리대가 지저분해지는 것을 방지할 수 있다. 조리대 위에서 작업할 때 일종의 의식에 따라 움직이며 조리기구를 배열하도록 한다. 그렇게 하면 모든 것이 머뭇거림 없이 진행된다. 행동 하나하나가 자동으로 이어지게 된다. 이처럼 일이 물 흐르듯 진행되면 마음이 차분해지고 평온해지며, 긴장도 사라진다.

하나하나씩 따라 하기

자유는 몇몇 행동이 쌓이면서 조금씩 생겨난다. 가장 작고 구석진 곳을 정성 들여 닦아서 깨끗해지면 대단한 만족감이 든다. 마음을 비우고 청소하기를 되풀이하면 혼란스러

운 감정들로부터 자유로워진다. 끊임없이 씻고 비우기를
반복하는 것, 이것이 바로 선의 실천이다.

마츠모토 게이스케 《청소 시~작!》

누군가 말했다. 일본 여성들은 작은 행동으로 시간과 공간
을 길게 늘이고, 그들이 만지는 것 모두를 아름답게 만든다
고. 과연 이것은 선 문화의 영향인 걸까? 다례를 통해 전수
되는 선 문화는 행동을 가르치고, 행동 안에 자리를 잡는다.
어딘가에서 읽은 내용인데, 손은 도구와 같다고 한다. 찢고
자르고 조이고 굴리고 두드리고 늘어놓기도 하지만, 청소하
고 문지르고 닦고 정리하기도 한다. 다례 수행자들은 반드
시 모든 행동 하나하나를 수년간 배우고 반복해야 한다. 이
렇게 하는 것이 유치하고 짜증스럽다고 느껴질 수도 있지만
어느 날, 기적과 같은 일이 벌어진다. 모든 행동이 저절로
행해지고, 유연하고 쉽게 머뭇거림 없이 연쇄적으로 일어난
다. 마치 악기를 연주할 때처럼 말이다. 그러면 효율성이 좋
아져서 육체적으로나 정신적으로 에너지 소모가 줄어든다.
요리도 마찬가지다. 예를 들면 채소 자르는 법 같은 방법은
인터넷에 많이 나와 있으니 이를 활용하면서 따라해 보기
바란다.

미리 준비하기

아침이 되면 음식물을 냉장고에서 미리 꺼내두도록 한다(차갑게 먹으면 맛도 없고 건강에도 나쁘다). 냉동 베이컨 몇 조각, 토마토 하나, 달걀 하나가 전부이더라도 말이다. 이렇게 해놓으면, 점심이나 저녁에는 팬을 꺼내고 냉장고에서 어린잎 채소 몇 장을 꺼내기만 하면 된다. 팬이 제 할 일을 하는 동안, 여러분은 맛있는 홈메이드 소스를 만들라. 서두를 것도 없고, 두려워할 것도 없다. 이렇게 미리 재료를 준비해 두면, 오전 내내 점심때 뭘 만들어 먹을지 걱정하지 않아도 된다.

항상 청결한 주방

청결한 주방 만들기

> 다도의 장인이 갖추어야 하는 자질 가운데 하나는 비로 쓸
> 고, 청소하고, 씻을 줄 아는 것이다. 청결함과 단정함에는
> 진정한 기술이 필요하기 때문이다.
>
> 오카쿠라 가쿠조 《차 이야기》

고인이 된 일본 여배우 기키 기린은 생전에 한 인터뷰에서
매일 저녁, 식사 후에 자신의 주방을 반짝반짝하게 청소한
다고 했다. 청소 상태를 점검하는 방법은 손끝으로 싱크대
안쪽 표면을 닦아보는 것이라고 했다. 내가 아는 사람 중에
는 주방을 더럽힐까 봐 요리하기 싫어하는 사람들이 여럿
있다. 지저분하고 복잡한 조리대는 공간을 독차지하고 요리

하고 싶은 욕구를 떨어뜨린다. 얼룩진 행주나 악취 나고, 쓰레기가 넘치는 쓰레기통보다 더 우울한 것은 없다. 싱크대 안에 더러운 식기가 들어차 있으면 요리에 대한 의욕이 꺾인다. 시장에서 돌아왔을 때 샐러드를 둘 마땅한 곳을 찾지 못하면 기운이 빠진다. 악취에 기름기로 떡칠이 된 싱크대, 바닥에 떨어진 음식 찌꺼기는 말할 것도 없다. 가정에서 주방은 가장 많이 더러워지면서도 청소하기 제일 어려운 곳이다. 주방을 깨끗하게 하려면 칭찬을 듣지 못해도 영웅 노릇을 하는 다양한 청소 도구가 필요하다. 주방 세제, 수세미와 솔, 주방 벽과 파이프, 오븐, 후드, 바닥 전용 세제와 걸레, 고무장갑, 행주, 빗자루, 막대 걸레, 대야, 쓰레기통, 쓰레기 봉투 등 한두 가지가 아니다. 부피도 크고 공간도 많이 차지하는 이 도구들이 우리 수납장의 상당 부분을 차지하면 복잡하고 불편해진다. 하지만 한편으로는 도구를 간소화하고, 다른 한편으로는 주방을 덜 더럽히는 법을 배움으로써 이런 문제를 해결할 수 있다.

요리하면서 청소하기

요리를 마치고 식탁에 앉을 때가 되면 상에 차린 식기를 제외하고는 치울 것이 남아 있으면 안 된다. 요리를 시작하기 전, 모든 재료를 꺼내서 필요한 양만큼만 소분한다. 그래야 조리대가 과부하로 신음하는 것을 막을 수 있다. 모든 것을 손 닿는 곳에 두면 레시피대로 준비하면서 여기저기 뛰어다닐 필요가 없어진다. 이는 장소의 문제일 뿐만 아니라 편리함의 문제이기도 하다. 설거지하는 것을 좋아하는 사람은 없다. 이 고역을 최소화하려면 반드시 지켜야 하는 두 가지가 있다. 첫째, 조리기구를 그때그때 씻는다. 둘째, 가능한 한 적게 더럽힌다. 치즈그레이터를 다 썼는가? 기다릴 것 없이 요리가 끓는 동안 씻어라. 음식물이 들러붙은 접시는 물에 담가두고, 도마와 칼을 씻어라. 팬은 흐르는 물에 헹구면서 식물성 섬유 브러시로 문지른다. 그런 다음에는, 스테인리스 스틸 소재의 팬이면 물기를 닦는다. 쇠나 무쇠 소재의 팬이면 가스 불 위에 올린다. 그래야 여러분이 식사를 시작하기도 전에 팬이 녹스는 것을 막을 수 있다(팬이 더러워지지 않았다면, 키친타월로 닦아서 정리하면 충분하다). 나는 늘 작은 칫솔을 두고 강판이나 블렌더의 고무 패킹, 옥수수 껍질을 닦는 데 사용하기도 한다. 그릇은 식사 준비를 하면서 그때그때 닦아야 한다. 그렇지 않으면 식사를 시작할 때쯤이면 주방이 전쟁터를 방불케 한다. 식탁을 치울 때는, 더러워진 식기는 물을 아끼기 위해 세제를 풀어둔 냄비나 대야 안에 모두 담근다. 그러면 그릇에 남아 있는 음식물 찌꺼기가 굳는 것도 막을 수 있다. 설거지하는 순서는 기름기가 묻지 않은 그릇(컵, 커피 잔)부터 시작한다.

주방을 정돈한다는 것

주방을 청소하면 마음이 편해지고 내면의 삶을 정돈하는 데 도움이 되는 분위기가 조성된다. 깔끔해질 때까지 바닥을 문지르면, 마음을 청소하는 것과 같다. 이는 아무런 상념 없이 집중한 상태로 현재의 순간을 사는 것이다. 빗자루로 쓸고, 젖은 걸레로 닦으며 저녁마다 주방을 깔끔한 상태로 만드는 일은 내일을 잘 시작하는 것과 같다. 고대 일본에서는, '다음 날'은 해가 지면서 시작되었다. 내가 좋아하는 청소는 77퍼센트 알코올 성분 분무기를 조리대, 인덕션, 싱크대 안쪽에 뿌리는 것이다.

손쉬운 청소 방법

- 블렌더는 물과 주방 세제를 넣고 몇 초간 작동시킨 다음 물로 헹군다.
- 냄비 바닥은 채수에 식초를 조금 부어 헹군다.
- 무쇠 팬 바닥이 탄 경우, 물 없이 마른 상태에서 플라스틱

병 뚜껑으로 문지른다.

- 튀김기는 밀가루와 키친타월로 문질러 닦는다.
- 스테인리스 냄비의 바닥이 탔거나 나무로 된 물건에 얼룩이 졌으면 고운 사포로 문지른다.
- 일주일에 한 번쯤은 스테인리스 조리기구를 피에르다르장(연마제 성분이 함유된 천연 세제 – 옮긴이)이나 이와 유사한 세제로 철저하게 세척해 준다. 그러면 몇 년이 지나도 광택을 유지하게 된다.

그릇을 적게 사용하는 방법

유명 요리사인 레이첼 쿠는 파리에 있는 크기가 3제곱미터에 불과한 그녀의 미니 주방에서 요리 동영상 시리즈를 촬영했다. 이렇게 작은 공간에서 요리하면서 설거지할 그릇이 거의 나오지 않게 하는 그녀의 비결은 무엇일까? 바로 커다란 법랑 대야 하나로 썻기기, 껍질 벗기기, 섞기, 반죽하기를 다 하는 것이다.

그릇을 너무 많이 더럽히고 싶지 않다면 여러분도 이렇게 하면 된다.

- 병조림 식품을 사용할 경우, 개봉한 다음 내용물을 다른

그릇에 옮길 것 없이 병째 중탕해서 사용한다.

- 도마를 더럽히지 않기 위해 완숙 달걀은 사발에 담아서 포크로 으깬다.
- 타르트나 빵 반죽은 비닐봉지 안에 넣어 만든다. 비닐봉지 안에 모든 재료(밀가루, 물, 버터, 소금)를 넣은 다음, 공 모양이 될 때까지 주물러서 반죽한다. 그 상태로 상온에서 휴지기를 가져서 반죽을 부풀린다.
- 타르트 반죽을 부수지 않고 아무것도 더럽히지 않으면서 늘리는 방법이 있다. 타르트 틀보다 조금 큰 종이 포일 2장 사이에 반죽을 넣고, 그 위로 반죽 밀대로 밀어서 반죽을 펴준다. 타르트 틀에 밀가루를 살짝 뿌리고, 반죽을 싸고 있는 종이 포일 한 장을 벗겨낸 다음, 반죽을 틀 위로 뒤집어놓는다.
- 채소를 오븐에 구울 때, 오븐용 그릇이나 틀 대신 유산지의 네 면을 접어서 직사각형이나 정사각형 모양의 종이 용기를 만들어 사용한다.

깔끔함의 비결은 무소유

정리되어 있으면 깨끗한 법이다.

스위스 격언

주방을 쉽게 유지하고 관리하려면 정리하기보다 청소하기 쉬워야 한다. 친구 밥은 한 달에 한 번씩 주방을 완전히 비우고 바닥부터 천장까지 대청소를 한다. 그에게 얼룩은 큰 문제가 아니라고 한다. 그릇이 워낙 없기 때문이다(접시 네 개, 컵 네 개, 수저 네 벌). 조리대를 항상 깔끔하게 유지하는 비결은 딱 최소한만(여러분이 매일 사용하는 것만) 두거나, 이보다 더 좋은 것은 아무것도 두지 않는 것이다.

모든 것이 손 닿는 곳에 있는 주방보다는 청소하기 쉬운 주방을 만드는 것이 더 중요하다. 모든 것이 손 닿는 곳에 있으면 일하기 편할 것처럼 보이지만 (가장 꺼려지는 일인) 주방 청소는 시간이 두 배나 더 걸린다. 그러다 보니 꾸준히 청소하지 않게 되면서, 정말 어쩔 수 없는 상태가 되면 오전 내내 주방 청소를 하게 된다. 가열기구에 따라 조리기구를 오염시키는 정도가 다르다는 사실도 알아야 한다. 인덕션은 가스레인지보다 오염을 덜 발생시킨다. 가스레인지에서는 가스가 나오면서 냄비 바닥을 검게 그을리기 때문이다.

수납장 밖에 나와 있는 조리기구(찻주전자, 건조 중인 그릇)는 리넨으로 덮어라. 그릇 더미 위쪽 그릇을 뒤집어서 아래쪽 그릇에 먼지가 앉지 않게 하라. 아주 가끔만 쓰는 그릇들은 얇은 셀로판지로 포장해 두라. 냉장고나 수납장 위쪽도 장판 같은 것으로 덮어두면 좋다. 그리고 기름을 쓰는 요리를 너무 많이 하거나 고기를 너무 많이 굽지 않도록 하라.

깔끔한 주방을 유지하는 요리법

나는 오븐에 연어를 구울 때 껍질이 눌어붙지 않도록, 그릇 바닥에 둥글게 썬 레몬을 먼저 깔아. 연어는 물로 씻은 뒤 키친타월로 물기를 없앤 다음 레몬 위에 올리지. 나는 생선은 팬에서 굽지 말라고 조언해. 팬에 구우면 주방도 그렇고 온 집이 생선 냄새로 오염되거든. 생선이 아무리 신선해도 암모니아 냄새가 진동하게 돼. 나는 팬은 달걀과 송아지 간 요리를 할 때만 사용해. 집에서는 스테이크는 잘 구워 먹지 않아. 구운 고기 냄새를 맡으면 구역질이 나거든. 무쇠 팬은 쓰지 않냐고? 난 별로야. 너무 무거워서 설거지하기 끔찍하거든. 조금 냄새도 나고, 기름도 먹고… 안 돼, 안 돼, 팬은 안 돼. 하지만 오븐은 좋아. 좋고말고.

장미셸, 친구

주방을 항상 깔끔하게 유지하는 사람들이 있다. 그들은 기름이 튀고, 연기가 나고, 주방을 더럽히는 것은 모두 조심한다. 그들의 주방에 있는 오븐이나 후드는 절대 더러워지지 않는다(두말하면 잔소리지만, 그런 사람들은 기름을 최소한으로 사용하기 때문에 대체로 날씬하다). 친구 장미셸은 팬을 지독히 싫어한다. 오염의 근원이기 때문이란다. 그는 뚜껑이 있는 용기로만 요리하고, 생선은 주로 쪄 먹거나 오븐에 구워 먹고, 채소는 싱싱한 샐러드로 먹거나 살짝 데쳐서 먹는다. 이외에 수프나 맛있는 치즈, 싱싱한 과일이나 과일 조림을 먹는다. 그는 생선을 오븐에 구울 때는, 오븐을 예열한 뒤(오븐이 충분히 뜨거워야 된다고 생선 가게 주인이 당부했다고 한다) 작은 오븐용 흙그릇에 레몬이나 얇게 썬 프로방스산 양파를 깔고 그 위에 뼈를 발라낸 생선을 올린다. 그런 다음, 약간의 올리브오일과 허브, 고급 수제 소금 약간, 후추를 살짝 갈아서 뿌린다. 그렇게 10~15분간 기다린다. 그는 고기를 구울 때는 베코프(알자스 지방의 토기 접시)를 사용하는데, 이것도 오븐을 더럽히지 않기 위해서다. 그는 베코프 바닥에도 늘 그랬던 것처럼 기름을 두르거나 베이컨을 까는 것이 아니라, 둥글게 썬 양파를 한 겹 깐다. 이렇게 하면 오븐에 고기 기름이 튀지 않을 뿐만 아니라, 고기가 겉은 바삭하고 속은 부드럽게 구워진다. 깔끔한 오븐이 그의 자랑거리임은 말할 필요도 없다.

생활 쓰레기

'보호하다'와 '아름다움'으로 이루어진
일본어 '쓰레기ごみ'

> 재화를 많이 공급할수록, 뜯어서 버려야 하는 포장지도 많
> 아진다. 환경미화원들이 없다면, 풍요로움이 팽창할수록
> 그 반대급부로 더러움이 심해질 것이다. 부의 규모가 커질
> 수록 불결함은 심해질 것이다.
>
> 존 케네스 갤브레이스, 경제학자

생활 쓰레기가 없다면, 주방을 깔끔하고 정돈되게 관리하는
일은 무척 쉬울지도 모른다. 하지만 쓰레기는 그야말로 매
일매일의 골칫거리다. 그런 만큼, 점점 많은 나라가 쓰레기
분리수거법과 지켜야 할 규칙, 엄격한 지침을 강화하기 시

작했다. 따라서 생활을 단순하게 만들려면, 철저하면서도 스트레스가 되지 않는 방식으로 생활 쓰레기를 관리하는 방안을 진지하게 고민하는 것이 중요하다. 하지만 가장 확실한 해법은 가능한 한 최대한 쓰레기가 적게 생기도록 노력하는 것이다.

젖은 쓰레기

모든 주부는 저마다 요령이 있다. 치요는 요리를 시작할 때 조리대 위에 작고 얇은 비닐봉지를 늘 준비한다. 쓰레기가 나올 때마다 그때그때 채소나 과일 껍질, 달걀 껍데기, 닭뼈, 생선 가시를 그 봉지에 버린다. 식사가 끝나면, 이 작은 봉지를 묶어서 소각 폐기물용 쓰레기통에 버린다. 이자벨은 요리하면서 쓰는 쓰레기통으로는 깊이가 깊고 폭이 좁은 플라스틱 밀폐 용기를 선호한다. 사나에는 뚜껑이 달린 커다란 샐러드 볼에 쓰레기를 담는다. 그녀는 집에 정원이 있어서, 이 샐러드 볼이 다 차면 쓰레기로 퇴비를 만든다. 사치코는 식물을 좋아해서 테라스에 식물을 많이 키운다. 그래서 채소 껍질, 달걀 껍데기 등으로 작은 쓰레기통 분량의 퇴비를 만든다. 이렇게 만든 퇴비는 그녀가 아끼는 식물들을 위한 최고의 비료가 된다. 한편 음식물 쓰레기를 얼린 다음, 수

거일에 수거 장소로 가져가서 버리는 사람들도 있다. 냉동고에서 손쉽게 넣고 꺼낼 수 있는 곳에 작은 비닐봉지를 준비해 두기만 하면 된다. 이 봉지는 굳이 묶지 않아도 된다. 나는 처음으로 음식물 쓰레기를 냉동하기 시작했을 때, 너무도 놀랍고 기뻤다. 바나나 껍질, 찻잎이 모두 쪼그라들더니 아무 냄새도 나지 않는 것이 아니겠는가. 찻잎은 다 말라버려서 비닐봉지째로 손으로 비비자 가루가 되었다. 이 요령은 퇴비에 생선 가시나 닭 뼈를 넣을 수 없기 때문에 더욱 실용적이다. 이제 내 쓰레기통에서는 아무 냄새도 나지 않는다. 젖은 음식물 쓰레기를 더는 쓰레기통에 버리지 않기 때문이다.

마른 생활 쓰레기

조금 시간이 걸리긴 하지만 마른 쓰레기(포장지, 종이 팩) 봉투의 부피가 너무 커지지 않게 하는 최고의 방법이 있다. 쓰레기를 작은 조각으로 자르거나 꼭꼭 접어 테이프로 붙여서 부피를 줄이는 것이다(한 친구는 주방에 커다란 테이프를 늘 손 닿는 곳에 둔다). 따라서 여러 이유로 인해 식료품을 살 때 원하는 양만큼 덜어서 살 수 없다면, 비닐이나 플라스틱보다는 종이 상자나 유리병에 포장된 식품을 선택하는 것이 좋다. 토마토나 마늘, 앤초비 퓌레 튜브, 버섯, 말린 해초처럼 농축된 제품도 염두에 두기를 바란다.

쓰레기 처리하는 법

> 쓰레기장을 멀리하여… 주머니에서 돈이 새 나가지 않게 하라.
>
> 비 존슨《나는 쓰레기 없이 살기로 했다》

가장 먼저 해야 할 일은 쓰레기를 처리하는 데 사용하는 '도구'(비닐봉지, 쓰레기봉투, 테이프, 빈 병 모으는 함, 신문지)를 모두 한곳에 모으는 것이다. 가령 싱크대 아래 수납장 같은 곳 말이다. 물론 조리대 아래에 커다란 '쓰레기' 서랍을 설치해서 그 안에 봉투, 빈 유리병 등 분리수거용 통 2개를 두고 쓰면 제일 좋다. 주방 바닥에 쓰레기통이 있으면 미관상으로도 좋지 않고, 바닥을 닦을 때 방해도 된다.

쓰레기 줄이는 법

> 여러분의 시간을 아껴준다는 상품 마케팅이나 팁에 넘어가

면 안 된다. '일회용품'으로 여러분이 이득을 볼 것은 하나
도 없다. 시간만 낭비할 뿐이다. 포장지를 뜯어야 하고, 포
장지를 분류해야 하고, 나가서 쓰레기통을 비워야 하고, 쓰
레기통을 다시 안으로 가지고 들어와야 하고, 다시 상점에
가서 다음번 파티에 쓸 플라스틱 컵을 사두어야 하니까.

비 존슨《나는 쓰레기 없이 살기로 했다》

해법은 많다. 비 존슨이 쓴《나는 쓰레기 없이 살기로 했다》
를 읽어보기 바란다. 자극과 영감을 많이 주는 책이다. 쓰레
기 없이 살 정도까지는 아니더라도 과도한 쓰레기 배출을
지양하고자 한다면 다음과 같은 방법이 있다.

• 껍질을 벗길 필요가 없도록 유기농 채소를 구입한다.
• 용기를 가져가서 식료품을 낱개로 구입한다.
• 가급적 고기와 생선은 대형 마트에서 사지 않는다. 다른
  곳에서는 종이로 포장해서 낱개로 판매한다.

식기세척기에 대한 생각

친구: 내가 평소 쓰는 그릇은 평평한 접시 4개, 움푹한 접
시 3개, 라미킨과 작은 그릇 12개, 커다란 디저트 접시 4

개, 작은 디저트 접시 6개야.

나: 너 혼자 사는데 왜 그렇게 많이 있는 거야?

친구: 우리 집에 식기세척기가 있거든.

이견이 영원히 좁혀지지 않을 친한 친구와의 대화

이 기계를 두고 나는 치를 떨지만, 친구는 좋아서 어쩔 줄을 모른다. 아무튼 냄비나 옻그릇, 무쇠, 철, 나무(식기세척기의 열 때문에 손잡이가 손상된다), 섬세한 크리스털 잔은 세척하지 못하는 데다, 파이렉스 강화 유리도 변색시키는 기계가 대체 무슨 소용이 있다는 말인가? 게다가 식기세척기를 한 번 돌리는 데 적어도 한 시간은 걸린다. 그러면 에너지도 소비하고, 냄새도 나고, 소음도 발생한다. 전용 세제도 따로 사야 하고, 간혹 누수도 생기며, 관리에 비용도 들고, 재활용 등의 문제는 말할 필요도 없다. 개인적으로 나는 설거지하는 것을 좋아한다. 미지근한 물과 하얀 거품을 손으로 느끼면서, 싱크대 앞에서 상념에 잠기고 명상하고 꿈꾸는 것이 좋다. 손님이 왔을 때, 식사를 마치고 둘이서 같이 설거지하는 것도 좋아한다.

맺음말

요리란, 모두가 누릴 수 있는 작은 행복

손수 요리하며 살면 삶은 건전해진다

> 불이 꺼져가는데
> 불현듯 냄비가
> 끓기 시작하네.
>
> 바쇼 외 《하이쿠, 먹고 마시는 기술》

자기 집 주방을 되돌아보면서 복잡한 것을 정리하고, 식단과 준비 과정을 간소화하는 것은 올바른 방향으로 되돌아가는 것이자, 어떤 의미에서는 '선'을 실천하는 것과 같다. 우리에게 힘든 순간을 극복하고 내면의 평온을 되찾는 실천적인 방법을 알려주기 때문이다. 집밥은 절도 있고 균형 있게 사는 일상의 기술이다. 미사여구로 표현하는 지혜가 아니라 구체적이고 경험적인 지혜다. 예술이건, 자연과의 유대건, 영성이건, 예외적이라고 여기는 모든 것은 매일의 삶 속에 존재할 수 있다. 요리는 관찰이 아니라 실행하는 예술이며, 개인으로서의 자율성과 자유를 발달시키는 도구이다. 또한 소비자들을 이용하는 상업 기술에 저항하는 가장 효과적인 방법 가운데 하나이기도 하다.

요리는 자기 영혼을 살찌우는 행위

> 나는 감사하다. 수돗물이 나오는 것만으로도 얼마나 멋진 일인가. 채소를 씻으면서 채소에도 감사함을 느낀다. 이렇듯 우리는 주어진 것에 감사하며 현재를 살아야 한다. 이런 깨달음은 우리의 진동률을 높이고, 우리가 세상을 다르게 보도록, 더 넓은 시각을 가지도록, 현재의 순간에 집중하고 그 순간을 살도록 도와준다.
>
> 야스미나 로시

시간을 들여 식사를 준비하는 것은 영혼의 양식을 위해 아름다움을 창조하는 것이다. 이를 통해 얻게 되는 것은 무엇일까? 자부심, 기쁨, 삶의 즐거움이다. 한마디로 요리란 일상을 즐겁게 만드는 기술이다. 여러분이 정성 들여 준비한 조촐한 버섯 수프를 한 입 맛보라. 그러면 이보다 더 소중한 경험은 없음을 알게 될 것이다. 나는 식사를 준비하는 일본 사람들의 진지한 태도에 늘 감탄했다. 대부분의 일본 사람들은 심지어 혼자 사는 사람들도 지극 정성으로 엄격한 규칙에 따라 식사를 준비하고, 항상 우아하게 상을 차려낸다. 그런 다음, 감사의 표시로 두 손을 합장한 뒤, 그제야 천천히, 거의 종교 의식을 행하는 것처럼 먹기 시작한다. 이것이 문화의 문제라고 생각하는가? 아니면 도덕적인 문제일까? 한 가지 사실은 확실하다. 이렇게 행동하는 것은 자기 삶을 존중하고, 스스로 자기 삶을 돌볼 수 있는 특권을 존중하는 것이다. 우리는 결코 우리 조상들의 생활 방식으로 회귀하지 않을 것이다. 하지만 조상들이 우리에게 물려준 지혜와 상식을 잃지 않을 수는 있다. 일단 집밥을 해 먹는 데 적응해서 몸에 배게 되면, 더 이상 냉동식품이나 패스트푸드, 가공식품, 정크푸드를 먹고 싶은 마음이 생기지 않을 것이다. 배달 음식을 주문할 필요도 없고 더는 요리 때문에 마음이 불안할 일도 없을 것이다. 오히려 요리는 여러분에게 기쁨이 될 것이다.

일상은 평범해 보이는 겉모습 아래, 예상치도 못한 천 가지의 놀라움을 숨긴 채 우리 가슴을 두근거리게 한다. 평범함에서 특별함을 끌어내는 것이 위대한 예술이다. 아무리 간단하더라도 스스로 준비한 소박한 한 끼에서도 진부함 속에 감추어진 특별함을 발견할 수 있다.

우리는 누구나 각자 행복을 발견할 수 있다. 행복은 때로는 사소하지만 다양하기도 하다. 중국의 위대한 현자 이어가 주장했듯, 아마도 환상 속에 있는 이 막연한 것, 즉 우리가 행복이라 부르는 것은 이들 소소한 행복의 총합이다. 기계적이고 반복된 일상과 권태를 막을 수 있는 행복인 동시에 오늘날 많은 사람들이 의무처럼 여기는 위대한 행복과는 거리가 먼 작은 행복 말이다.

100세 시대에도 우리를 기다리는 것은 죽음이다. 따라서 때가 된 것처럼 지금 행복하게 살아야 한다. 그렇게 해서 삶이 우리에게 선사하는 소소한 기쁨을 놓치지 말아야 한다.

옮긴이 김수진

이화여자대학교와 한국외국어대학교 통번역대학원을 졸업한 후 공공기관에서 통번역 활동을 했다. 현재 번역 에이전시 엔터스코리아에서 번역가로 활동하고 있다. 옮긴 책으로는 《딜리셔스》《나만 그런 게 아니었어》《로맨틱, 파리》《언제나 당신이 옳다》 《어떻게 미래를 예측할 것인가》《네오르네상스가 온다》《본질에 대하여》《세계 문화 여행: 스페인》《생체리듬의 과학》등 다수가 있다.

미니멀리스트의 식탁

초판 1쇄 발행 2023년 10월 20일
초판 3쇄 발행 2024년 1월 20일

지은이 도미니크 로로
옮긴이 김수진
책임편집 김정하
디자인 주수현

펴낸곳 (주)바다출판사
주소 서울시 마포구 성지1길 30 3층
전화 02-322-3675(편집) 02-322-3575(마케팅)
팩스 02-322-3858
이메일 badabooks@daum.net
홈페이지 www.badabooks.co.kr

ISBN 979-11-6689-183-0 03860